SV

Cees Nooteboom
Paradies verloren

Roman

Aus dem Niederländischen von
Helga van Beuningen

Suhrkamp Verlag

Die Originalausgabe erschien 2004 unter dem Titel *Paradijs verloren*
bei Uitgeverij Atlas, Amsterdam/Antwerpen.

Satz: Hümmer GmbH, Waldbüttelbrunn
Druck: Ebner & Spiegel, Ulm
Printed in Germany
Erste Auflage 2005
ISBN 3-518-41726-6

1 2 3 4 5 6 – 10 09 08 07 06 05

Für Antje Ellermann-Landshoff

Jede Ähnlichkeit mit tatsächlich existierenden Personen ist in diesem Roman ausgeschlossen, es sei denn, der eine oder andere wolle sich oder einen anderen unbedingt wiedererkennen, wobei dann vor dem Wirklichkeitsverlust gewarnt werden muß, den fiktive Personen erleiden können. Das Angel Project in Perth dagegen hat es wirklich gegeben, im Jahr 2000, wenngleich das möglicherweise nicht das Jahr ist, in dem diese Geschichte spielt.

Prolog

»The pronoun I is better because more direct.«
Aus: *The Secretaries Guide*, Lemma »The Writer«
The New Webster Encyclopedic Dictionary of the English Language MCMLII

Dash 8-300. Ich bin weiß Gott schon mit allen möglichen Flugzeugen geflogen, aber eine Dash war noch nie darunter. Es ist eine kleine, kompakte Maschine, aber sie wirkt größer, weil die Zahl der Passagiere gering ist. Der Platz neben mir ist leer. Es besteht offenbar nicht viel Interesse, von Friedrichshafen nach Berlin-Tempelhof zu fliegen. Als kleine, verirrte Gruppe sind wir von dem winzigen Hauptgebäude zum Flugzeug gegangen, das darf man hier noch. Jetzt warten wir. Die Sonne scheint, es ist recht windig. Der Pilot sitzt bereits vorn in der Kanzel, er dreht an diesem und jenem herum, ich höre den Kopiloten mit dem Tower sprechen. Wer häufig fliegt, kennt diese leeren Augenblicke.

Die Motoren sind noch nicht gestartet worden. Manche Passagiere lesen bereits, andere schauen nach draußen, aber da ist nicht viel zu sehen. Ich habe das Magazin der kleinen Fluggesellschaft hervorgeholt, verspüre aber noch keine Lust, ernsthaft zu lesen. Die übliche Propaganda für die eigene Gesellschaft, danach einige Informationen über die wenigen Orte, die sie anfliegen, Bern, Wien, Zürich, ferner ein paar gekaufte Artikel, etwas über Australien und die Aborigines, Felszeichnungen, in fröhlichen Farben bemalte Baststücke, all das, was in letzter Zeit ziemlich in Mode ist. Dann noch ein Bericht über São Paulo, ein Horizont voller Wolkenkratzer, Paläste reicher Leute und natürlich die ewigen, ach so pittoresken Armenviertel, *Slums, Favelas,* wie nennt man die. Dächer aus Wellblech, wacklige Holzkonstruktionen, Menschen, die so aussehen, als mache es ihnen Spaß, dort zu wohnen. Alles schon gesehen, ich darf mir das nicht zu lange anschauen, sonst überkommt mich das Gefühl, hundert Jahre alt zu sein. Vielleicht bin ich ja auch hundert Jahre alt, man muß nur das tatsächliche Alter mit einer geheimen Formel multiplizieren, der Zauberzahl, in der alle Reisen, die man in seinem Leben unternommen hat, und das dazugehörige ungebührliche Déjà-vu verarbeitet sind, und schon ist man dort angelangt. Für gewöhnlich habe ich kein großes Problem mit solchen Gedanken, allein schon, weil ich sie etwas billig finde, doch gestern abend in Lindau waren es drei Obstler zuviel, und in meinem Alter rächt sich das. Die Stewardeß schaut durch die Tür nach draußen, anscheinend wartet man noch auf jemanden, und nun, da dieser Jemand die Maschine betritt, entpuppt er sich als Frau, so eine, von der man hofft, daß sie sich neben einen setzt. So alt bin ich offenbar doch wieder nicht. Neben mich, daraus wird nichts, sie hat einen Fensterplatz, eine Reihe vor mir, links vom Gang. Eigentlich besser, denn jetzt kann ich sie richtig betrachten.

Sie hat lange Beine in einer Hose aus khakifarbenem Stoff, ein männliches Attribut, das sie weiblicher macht.

Starke, große Hände, mit denen sie jetzt ein Buch aus dem karmesinroten Einwickelpapier packt, das sorgfältig mit Tesafilm zugeklebt ist. Dafür haben diese großen Hände keine Geduld, als das Klebeband nicht sofort nachgibt, wird das Päckchen aufgerissen. Ich bin ein Voyeur. Eines der größten Vergnügen beim Reisen besteht darin, Unbekannte zu beobachten, die nicht wissen, daß man sie beobachtet. Sie schlägt das Buch so schnell auf, daß ich den Titel nicht erkennen kann.

Mich interessiert immer, was andere Leute lesen, aber meistens sind Leute Frauen, denn Männer lesen nicht mehr. Und Frauen, diese Erfahrung habe ich gemacht, halten, egal ob im Zug, auf einer Parkbank oder am Strand, ihre Bücher oft so, daß man den Titel nicht lesen kann. Achten Sie mal darauf.

Und selbst wenn ich vor Neugier brenne, ich traue mich fast nie, danach zu fragen. Auf dem Titelblatt steht eine lange Widmung. Die liest sie ziemlich schnell, und während sie das Buch auf den leeren Platz neben sich legt, schaut sie schon wieder nach draußen. Die Motoren werden gestartet, das kleine Flugzeug beginnt zu rütteln, ich sehe ihre Brüste in dem engen T-Shirt sacht mitbeben und finde das erregend. Sie hat ihr linkes Bein hochgenommen, Licht fällt auf ihr Haar, Kastanie mit einer Art goldenem Schimmer darin. Das Buch hat sie verkehrt herum hingelegt, unmöglich, den Titel zu lesen. Es ist dünn, das mag ich. Calvino zufolge müssen Bücher kurz sein, daran hat er selbst sich meist auch gehalten. Wir preschen über den Beton. Vor allem bei kleineren Flugzeugen gibt es beim Abheben immer einen wollüstigen Moment, wenn gleich zu Beginn schon ein wenig Thermik im Spiel ist und die Maschine von unten einen zusätzlichen Schubs zu bekommen scheint, so etwas wie ein Streicheln, das gleiche Gefühl, wie man es früher als Kind beim Schaukeln hatte.

Auf den Hügeln liegt noch Schnee. Das macht die Landschaft sehr graphisch, radierte kahle Bäume auf einem weißen Blatt, manchmal braucht es nicht mehr, um etwas deutlich zu machen. Sie schaut nicht lange hin. Sie hat das Buch wieder in die Hand genommen und liest die Widmung jetzt noch einmal, aber genauso ungeduldig. Ich versuche, mir dazu etwas auszumalen – das ist schließlich mein Beruf –, komme aber nicht weit. Ein Mann, der etwas gutzumachen hatte? Mit Büchern muß man da vorsichtig sein. Schenk das falsche Buch oder den falschen Autor, und schon bist du in der Gefahrenzone.

Sie blättert darin, schaut ab und an etwas länger auf eine Seite. Für so ein kleines Buch hat es ziemlich viele Kapitel. Das bedeutet jedesmal einen Neubeginn, dafür muß man schon einen guten Grund haben. Wer den Anfang oder das Ende eines Buches vermasselt, hat nicht viel Ahnung, und das gilt eigentlich auch für die Kapitel. Wer dieser Autor auch sein mag, er geht ein ziemliches Risiko ein. Jetzt hat sie das Buch wieder neben sich gelegt, diesmal mit dem Titel nach oben, doch wegen des Lichts, das sie über sich eingeschaltet hat, glänzt der Plastikumschlag so, daß ich die Worte noch immer nicht lesen kann, ich müßte aufstehen, um besser zu sehen.

Cruising altitude, immer gemocht, diese Worte. Ich erwarte dann Skifahrer, schließlich fliegen wir über Wolken mit seltsam abfallenden Hängen, das hat mich noch nie gelangweilt. In dieser Höhe hat die Welt nur unbeschriebene Seiten, man kann einfach loslegen. Sie aber schaut nicht hinaus, sie hat das Bordmagazin zur Hand genommen und betrachtet es von hinten nach vorn. São Paulo hat sie überflogen, etwas länger bei einem großen grünen Park verweilt, und jetzt starrt sie auf die Malereien der Aborigines, führt ab und an die Seite sogar etwas näher an die Augen, und einmal sehe ich, wie sie mit ihren langen Fingern eine fremdartige Schlangenfigur auf einem der Bilder nachzieht. Dann klappt sie die Zeitschrift zu und schläft sofort ein. Manche Menschen können das, verhalten schlafen. Sie hat eine Hand auf das Buch gelegt, die andere ruht hinten am Hals, unter dem rötlichen Haar. Das Rätsel, das andere Menschen aufgeben, hat mich mein Leben lang beschäftigt. Ich weiß, da ist eine Geschichte, und ich weiß, ich werde sie nicht erfahren. Dieses Buch bleibt geschlossen, genau wie das andere. Als wir eine gute Stunde später zur Landung auf Tempelhof ansetzen, habe ich ein Viertel der Einführung zu einem Bildband über Friedhofsengel geschrieben. Unter uns liegen die grauen Wohnblöcke von Berlin, der große Riß in der Geschichte, der noch immer durch die Stadt verläuft. Sie kämmt ihr Haar und greift dann zu dem karmesinroten Papier, um das Buch wieder einzupacken. Sie streicht es auf ihren Oberschenkeln glatt, ich weiß nicht, warum mich das rührt. Dann nimmt sie das Buch und hält es einen Augenblick so, daß ich den Titel lesen kann.

Es ist dieses Buch hier, ein Buch, aus dem sie jetzt gleich verschwindet, zusammen mit mir. Während ich in der langen Halle auf mein Gepäck warte, sehe ich, wie sie schnell nach draußen geht, wo ein Mann auf sie wartet. Sie küßt ihn flüchtig, so flüchtig, wie sie das Buch betrachtet hat, von dem sie nur die handgeschriebene Widmung kennt, die ich nicht gelesen und auch nicht geschrieben habe.

Das Gepäck kommt hier schnell, als ich draußen bin, steigt sie mit dem Mann in ein Taxi und wird unsichtbar. Ich bleibe wie immer zurück mit ein paar Wörtern und mit der Stadt, die sich wie eine Klammer um mich schließt.

I

Dieß sprach die Mutter unser Aller; froh
vernimmt es Adam, doch erwiedert er
ihr nichts darauf. Der Fürst der Engel stand
zu nahe schon, und von des Berges Gipfel
aus ihrem Lager, zog der Cherubim
hellleuchtendes Geschwader sich herab,
und schwebte nun sanft übern Boden hin,
wie Nebeldunst, nach Sonnenuntergang
dem Bach' entsteigend übers Moorland schwebt,
und wenn der müde Pflüger heimwärts eilt,
ihm an der Ferse nachschlüpft. An der Spitze
des Heeres flammte Gottes Schwerdt empor,
gleich einem lodernden Cometen. Gluth
durchströmte nun die sonst so milde Luft,
erstickend, wie die Dünste Lybiens.

Drum nahm der Engel jetzt die zögernden
Verbannten bei der Hand, und führte sie
ans Gartenthor in Osten, und von dort
den Fels hinab ins Ebne, und verschwand.

Johann Milton's *Verlornes Paradies* (Zwölftes Buch)
Übersetzt von Samuel Gottlieb Bürde
Berlin 1793 bei Friedrich Vieweg, dem älteren

1

Jemand hat an einem heißen Sommerabend ihr Haus in Jardins verlassen, Jacaranda-, Magnoliendüfte, alles schwer und feucht. In Jardins wohnen die reichen Leute, die Personal haben, das von weit her kommen muß, Gärtner, Köchinnen, zwei Stunden sind nichts, und das zweimal am Tag. São Paulo ist eine große Stadt. Wenn es regnet, brauchen die Busse noch länger.

Jemand hat ihr Haus verlassen, ist ins Zweitauto ihrer Mutter gestiegen und gefahren, einfach so, Musik von Björk überlaut aufgedreht, Nibelungengejammer, das nicht in die Tropen paßt. Jemand hat mitgesungen, aber schrill, hysterisch, in einer Wut, die gegen niemand gerichtet war und mit einer Trauer zusammenhing, die sich auch nicht benennen ließ.

Jemand ist die Marginal hinuntergefahren, am Tietê entlang, vorbei an den Häusern der Neureichen von Morumbi, und ist, ohne darauf zu achten, ohne darüber nachzudenken, in das verbotene Gebiet eingedrungen, und zwar noch nicht mal Ebú-Ecú, sondern gleich das allerschlimmste, Paraisópolis, das mehr mit der Hölle zu tun hat als mit dem Paradies, gefährlich, und dadurch jetzt, in diesem Augenblick, verlockend. Jemand fährt nicht selbst, das Auto fährt, das Auto und die Musik. Der Motor hat ausgesetzt, jetzt sind da nur noch die Angst und das Jaulen von Björk, das in die Richtung dieser Holzbruchbuden ruft, das dem Gestank zuruft, dem Mondlicht auf den Wellblechplatten, dem Geräusch billiger Fernseher, die zurückrufen, sich mit dem erregten Lachen mischen, den Stimmen, die näher kommen, sich zu einem Kreis formieren, der sich um sie schließt und sie nicht mehr durchläßt. Danach ging alles sehr schnell, zu schnell für Panik, zu schnell, um zu schreien oder wegzurennen. Wie viele es waren, weiß sie nicht mehr, und was sie sich immer vorwerfen wird, viel mehr als die Fahrt selbst, ist der widerlich poetische Gedanke, mit dem sie aus Gründen der Selbsterhaltung das Geschehene im nachhinein verfälschen sollte: daß es wie eine schwarze Wolke war. Eine schwarze Wolke war über sie gekommen. Natürlich hatte sie doch geschrien und natürlich hatte es weh getan, aber da war Gelächter gewesen, als ihr die Kleider vom Leibe gerissen wurden, dieses Gelächter war unvergeßlich, hoch und ekstatisch, eine Welt hatte darin mitgeklungen, die davor für sie nicht existiert hatte, eine Wut und ein Haß, so tief, daß man für immer darin hätte verschwinden können, und gleichzeitig dieses hohe hysterische Geschrei, die keuchenden Stimmen, die sich gegenseitig anstachelten, es sollte sie nie mehr verlassen. Sie hatten sich nicht die Mühe gemacht, sie umzubringen, sie war liegengeblieben wie ein weggeworfenes Stück Müll. Vielleicht war das von allem das Schlimmste: wie diese Stimmen wieder verschwanden, zurück in ihre eigenen Leben, in denen sie nicht mehr gewesen war als ein Zwischenfall. Später sollte die Polizei sie fragen, was sie an diesem Ort zu suchen gehabt habe, und natürlich hatte sie begriffen, daß sie damit meinten, sie habe es sich selbst zuzuschreiben, doch was sie sich wirklich vorwarf, war die erniedrigende, verlogene

Vorstellung von dieser Wolke, denn es sind keine Wolken, die einem die Kleider herunterreißen, es sind Männer, die für immer in deinen Körper und in dein Leben eindringen und ein Rätsel zurücklassen, das du nicht lösen kannst. Das ich nicht lösen kann, denn dieser Jemand war ich, dieselbe, die jetzt hier, auf der anderen Seite der Welt, neben einem Mann liegt, der so schwarz ist, wie es die anderen waren, jemand, der sich nichts genommen hat, den ich nicht kenne und den ich wieder verlassen muß. Ob es richtig ist, daß ich hier bin, weiß ich nicht. Warum es nicht richtig sein sollte? Weil er nicht weiß, warum ich hier bin, weil er den wahren Grund nicht kennt. Den wird er auch nie erfahren. In diesem Sinne betrüge ich ihn.

Ich bin hier, um einen Teufel auszutreiben. Er ist hier, um mit mir zu vögeln. Denke ich. Zumindest ist es das, was wir getan haben. Eine Woche, hat er gesagt, nicht länger. Dann müsse er wieder zurück zu seinem *mob*. Sein *mob*, sein Clan, so heißt das hier. Aber er hat nicht gesagt, wo das ist. Irgendwo im Outback, in der Endlosigkeit dieses Landes. Was er denkt, weiß ich nicht. Vielleicht betrügt er mich auch. Aber kann jemand lügen, der kaum etwas sagt?

Er schläft, und wenn er schläft, ist er die Zeit selbst. Dies sind die ältesten Menschen der Welt. Mehr als vierzigtausend Jahre haben sie jetzt schon in diesem Land gelebt, näher kann man der Ewigkeit nicht kommen. Ich bin eines Abends in São Paulo ins Auto gestiegen und kam hier an. Das ist nicht so, aber ich denke es. Keiner meiner Gedanken ist erlaubt, aber niemand kann mir verbieten zu denken, was ich denke. Ich blicke auf einen schlafenden Mann, der aussieht, als hätte er schon tausend Jahre gelebt, so jung er auch ist. Er liegt auf dem Boden neben mir, zusammengerollt wie ein Tier. Wenn er die Augen öffnet, hat er das Alter von Steinen, von Eidechsen, die man hier in der Wüste sieht, aber es ist ein leichtes Alter, weil seine Bewegungen leicht sind, als könnte er das Gewicht seines Körpers nicht spüren. Ich versuche mir zu sagen, daß diese Vorstellung genauso verlogen ist wie die andere, aber das stimmt nicht. Ich bin in etwas gelandet, wo ich nichts zu sagen habe, weil meine Zeit hier nicht gilt. Manchmal, wenn ich mit ihm in der Wüste bin in diesem Land, das fast nur aus Wüste besteht, und wenn er mir Dinge zeigt, die ich nicht sehe, wenn er fast das Land selbst ist und weiß, wo das Wasser ist, das für mich verborgen bleibt, wenn ich mir armselig vorkomme gegenüber seinem unermeßlichen Alter, das Nahrung erkennt, wo ich Sand sehe, denke ich wider besseres Wissen, daß ich an jenem Abend mein Haus verlassen habe, um hier anzukommen. Ich habe die Schwere der Tropen verlassen, wo sich alles bewegt und alles lärmt, um in dieser Stille anzukommen.

2

Almut ist schuld, daß ich hier bin. Almut hat einen deutschen Großvater, wie ich. Zusammen sind wir Almut und Alma, schon seit der Schule. Wir lachen zusammen über den komischen Akzent unserer Großväter, die nach dem Krieg nach Brasilien gekommen sind und nicht über ihre Vergangenheit sprechen wollen. Krank vor Heimweh sind sie, aber sie gehen nicht zurück, sie jaulen mit Fischer-Dieskau die *Kindertotenlieder* und wünschen sich, daß Deutschland Fußballweltmeister wird. Über den Krieg wollen sie nicht sprechen, und unsere Väter wollen nicht über ihre Väter sprechen. Sie haben auch nie Deutsch gelernt, unsere Väter. Wir schon, obgleich es eine Mistsprache ist. Alles ist immer andersherum, alles, was männlich ist, wird weiblich und umgekehrt, *a morte*, der Tod, ist ein Mann, die Sonne eine Frau, der Mond wieder ein Mann, Wahnsinn. Eine Mistsprache zum Lernen, meine ich, nicht zum Hören, es sei denn, sie schreien. Almut ist groß und blond, alle Brasilianer fliegen auf sie. Ich reiche ihr bis zur Schulter, das war schon so, als wir klein waren. Das ist schön, sagte Almut, dann kann ich meinen Arm um deine Schulter legen. Ich fand sie hübscher, aber sie hielt sich selbst für zu groß. Ich bin eine germanische Urmutter, sagte sie immer, man hätte mich Brunhilde nennen sollen. Sieh dir bloß mal diese Brüste an. Auf der Straße habe ich sofort eine halbe Sambaschule hinter mir. Das passiert dir nie. Das kommt durch den Schatten. Der Schatten, das war eine Theorie von ihr. In dir steckt ein Schatten. Ja, aber was für ein Schatten? In deinen Augen. Unter deinen Augen, in deiner Haut, überall. Aber was ist das denn? Das ist dein Geheimnis. Und dann schaute ich abends in den Spiegel und sah nichts. Oder, besser gesagt, einfach mein Gesicht. Ich weiß nicht, ob ich ein Geheimnis habe. Darum geht es auch nicht, sagte Almut dann. Du bist ein Geheimnis, du weißt es nur nicht. Bei dir ist man nie sicher, was du denkst, wenn du etwas sagst, entspricht deine Miene nicht dem, was du sagst, es ist immer so, als wäre da noch was anderes, etwas, an das andere Menschen nicht herankommen. Du wirst noch darunter leiden, aber es braucht dir nicht angst zu machen.

Wann dieses Gespräch stattgefunden hat, weiß ich nicht mehr, vielleicht als wir fünfzehn waren, aber ich habe es nie vergessen. Es ist, als hättest du immer jemand anderen bei dir, sagte sie auch noch. Wir haben immer alles gemeinsam unternommen, die ersten Freunde, die wir hatten, kamen damit nicht zurecht. Stundenlang konnten wir in der Hängematte auf der Veranda liegen und darüber sprechen, was wir später machen würden. Kunstgeschichte studieren, das war klar. Sie moderne Kunst, ich Renaissance. Mir wird schlecht von all den Kreuzigungen und Verkündigungen, sagte sie immer. Darüber waren wir uns nie einig. Ich brauche diese Kreuzigungen auch nicht, obwohl es spannend zu sehen ist, wie die unterschiedlichen Künstler mit dem gleichen Thema umgehen, aber was mich vollständig faszinierte, das waren die Verkündigungen. Ich habe einen Engeltick. Raffael, Botticelli, Giotto, Hauptsache, es sind Flügel dran. Das kommt, weil du selbst fliegen können willst, sagt Almut.

Du nicht? Nein, ich nicht. Bei ihr hingen Willem de Kooning an der Wand und Dubuffet und all diese auseinanderfallenden Körper und Gesichter der Kubisten, die ich überhaupt nicht mochte. Bei mir waren es Engel. Das nannte Almut immer meine Voliere. Was ich nicht ausstehen kann, sagte sie oft, ist, daß man nicht weiß, ob es Männer oder Frauen sind.

»Es sind Männer.«

»Woher weißt du das?«

»Sie haben Männernamen. Michael. Gabriel.«

»Ich hätte es viel logischer gefunden, wenn eine Frau Maria gesagt hätte, daß sie ein Kind bekommen wird.«

»Frauen fliegen anders.«

Das war natürlich Unsinn, ich hatte noch nie eine Frau fliegen sehen. Aber manche Dinge weiß man einfach. Diese Sturzflüge bei Giotto di Bondone, das hat er einem Kometen abgeschaut, seine Engel rasen so schnell über den Himmel, daß sie eine leuchtende Spur hinterlassen, in der ihre Füße verschwinden. So würde eine Frau nie fliegen.

»Ich träume manchmal, daß ich fliege«, sagte Almut. »Das ist immer ganz langsam, du könntest also recht haben. Wie landen sie eigentlich?«

An diesen Augenblick erinnere ich mich noch genau. Wir standen vor meinem Lieblingsbild, in den Uffizien in Florenz, der Verkündigung von Botticelli. Keine fünf Minuten zuvor hatte sie gesagt, daß sie jetzt die Nase voll habe von all diesen geflügelten Wesen.

»Du schleppst mich durch ganz Europa, um diese Typen anzugucken. Stell dir vor, du bist Maria. Du sitzt ruhig in deinem Zimmer, nichtsahnend, und plötzlich hörst du das Geräusch von Flügeln, als würde gleich ein riesiger Vogel landen. Hast du schon mal darüber nachgedacht, wie das wohl klingt? Wenn eine Taube vorbeifliegt, hört man das schon, wie erst, wenn die Flügel hundertmal größer sind. Das muß einen wahnsinnigen Lärm machen. *Crew prepare for landing.*«

Aber ich wollte nicht zuhören. Das habe ich schon mein Leben lang. Wenn etwas an mein Innerstes rührt, an mein Geheimnis, wie Almut es nennen würde, dann bin ich weg. Ich weiß noch, daß Leute in meiner Nähe sind, aber für mich existieren sie nicht mehr, wer es auch sein mag.

»Das ist beinahe unheimlich«, hat Almut einmal gesagt, »du bist wirklich weg, und ich weiß, das ist keine Pose.«

»Konzentration.«

»Nein, es geht viel weiter. Es ist Abwesenheit. Man könnte genausogut nicht neben dir stehen. Früher hat mich das beleidigt. Ich empfand es als eine Art Verachtung. Als würde ich nicht mehr existieren. Obwohl eigentlich du es warst, die nicht existierte.«

Aber ich hörte nicht zu. Ein Gemälde zum erstenmal zu sehen, das man nur von Reproduktionen kennt, kommt einer Halluzination gleich. Es kann nicht wahr sein, daß dies das echte Ding ist, daß Botticelli eines Tages, vor Hunderten von Jahren, davor gesessen und mit inzwischen längst nicht mehr existierenden Augen darauf geblickt hat, nachdem er den letzten Pinselstrich angebracht hatte. Ich spüre, er ist noch immer in der

Nähe des Bildes, aber er kommt nicht mehr daran, es ist so viel Zeit vergangen, daß dieses Bild zu etwas ganz anderem geworden ist, und trotzdem ist es noch immer derselbe materielle Gegenstand, das macht es so gruselig. Diese Zauberkraft des Echten verursacht bei mir eine Art Schwindel, den ich nicht beschreiben kann. Müßte ich dann auch noch auf die Leute achten, die an dem Gemälde vorbeikommen, einen kurzen Blick darauf werfen und weitergehen, würde ich, glaube ich, in Ohnmacht fallen. Ich habe einmal in Bahia eine Candomblé-Session erlebt. Die Frau, die dort tanzte, war für die Welt völlig verloren, wenn jemand sie in diesem Moment aus der Trance zurückgeholt hätte, wäre sie zu Boden gefallen. Etwas in der Art ist es.

Stille Hysterie. Auch das stammt von Almut. Mit einem Lachen gesagt, aber trotzdem.

Doch ich bin bereits mitten im Bild. Ein roter Fußboden aus rechteckigen Steinplatten, ein strenges Muster, all diese geraden Linien als Gegensatz zu dem Gewirbel, den Falten und Brüchen in den Kleidern der beiden, für die der Rest der Welt ebenfalls nicht existiert. Es ist totenstill, der Engel ist gerade angekommen, er hat sich auf ein Knie niedergelassen und seine rechte Hand der Frau entgegengehoben, die sich ihm leicht zuneigt. Ihre Hände berühren einander fast, es ist von einer schneidenden Intimität. Beide haben die Finger gespreizt, als sei das die Sprache, in der sie sich ausdrücken wollen, denn Worte sind noch nicht gefallen. Die Frau blickt ihn nicht an, sonst sähe sie die Angst, die zur Ehrfurcht gehört. Ich glaube, die meisten Menschen denken nie über den Wahnwitz dieser Botschaft nach. Ein geflügelter Mann, der gerade ins Zimmer geflogen ist, seine Flügel sind noch leicht erhoben, draußen in der unbeteiligten Landschaft dieser eine lichte, hohe Baum im mediterranen Licht, er überbringt eine Botschaft aus einer Welt, die Millionen von Meilen entfernt ist und gleichzeitig ganz nah, in der es weder Zeit noch Entfernung gibt, einer Welt, die sich nun in dieser Frau eingenistet hat. Ich weiß nicht, was das Göttliche ist, oder, besser gesagt, ich könnte es nicht beschreiben, ich weiß nicht, wie Menschen die Berührung mit dem Göttlichen ertragen können, ich bezweifle, daß das geht. Wenn es doch geschieht, sieht es aus wie auf diesem Bild.

»Glaubst du denn den ganzen Unsinn?« Natürlich mußte Almut das fragen.

»Nein, aber auf diesem Bild ist es wahr. Darum geht es.«

Daß im selben Moment draußen das Angelusläuten ertönte, auch darum geht es natürlich. Manche Geschichten haben die Kraft, noch nach zweitausend Jahren in einer Welt der Computer Glocken zum Läuten zu bringen, und das wußte Botticelli.

Als wir ungefähr eine Stunde später auf dem Ponte Vecchio standen und auf das schnelle Wasser des Arno blickten, das unter uns vorbeiströmte, sagte Almut: »Stell dir vor.«

»Stell dir was vor?«

»Daß du mit einem Engel ins Bett gehst. Das wäre schon was Besonderes, diese Flügel, dieses Geflatter und Geraschel, wenn er kommt. Und wenn er sie ausbreitet und mit dir in den Himmel fliegt. Am nächsten bin ich dem mal mit einem Piloten gekommen, und das war nicht so doll.«

»Der einzige Engel, auf den du fliegen würdest, ist der mit diesen phantastischen Flügeln in Toledo, der von Greco, der fast in den Himmel geschleift wird.«

»Der mit der Stupsnase? Besten Dank. Aber er hat Power, das schon.«

Almut bringt mich immer wieder zurück in die Welt.

3

Auch damals. Sie hat alles geregelt. Sie hat mich auf der Polizeiwache abgeholt, hat mich zum Gynäkologen gebracht. Ich weiß nicht, welche Erniedrigung ich schlimmer fand, diese Uniformen, die immer nur fragten, was ich in der Favela zu suchen gehabt hätte, und die Geschichte aus purer Geilheit immer wieder hören wollten, oder diesen gräßlichen verchromten Stuhl mit den hochgezogenen Dingern, die ich immer umgedrehte Steigbügel nenne, und den murmelnden Kopf zwischen meinen Beinen auf der Suche nach Spuren von Samen und Schlimmerem, der schließlich feststellte, ich sei noch gut weggekommen, und womöglich sogar daran zweifelte, daß wirklich etwas passiert war. Nur Almut durfte fragen, warum ich an jenem Abend dorthin gefahren war.

»Hattest du die Stimmung?« fragte sie.

Die Stimmung. Es ist nur ein Wort, ein nichtiges Wort. Ich weiß nicht mal, ob es etwas mit der Stimme zu tun hat oder mit dem Stimmen von Instrumenten, ich habe es auch nie nachschlagen wollen. Bei manchen Dingen ist mir die Frage lieber als die Antwort. Es war ein Kodewort zwischen uns, wir wußten genau, was es bedeutete. Irgendwann, vor langer Zeit, als ich zwölf oder dreizehn war, habe ich versucht, es zu erklären, die Tiefe, die bodenlose Angst, in der ich dann versinke. Es ist, als würde ich aus der Welt fallen, es gibt eigentlich keine Worte dafür, die See reißt einen mit, man kann sich nicht dagegen wehren und eigentlich will man es auch nicht, man will für immer verschwinden, will in diese Finsternis hinein, die einen bedroht, will die Angst suchen, um sich ihr hinzugeben, und die ganze Zeit ist einem schwindlig und man haßt diesen schwindligen Körper, man will ihn loswerden, will ihn verlieren, man will, daß das Denken aufhört. Es ist Raserei und Genuß und Melancholie zugleich, wenn es wieder vorbei ist, bleibt eine schreckliche Schärfe zurück, eine weiße, elektrische Klarheit, in der ich nicht sein will, in der alles von Haß überzogen ist, die Pflanzen, die Dinge, der tägliche Schulweg, bis sich auch das wieder legt und eine wollüstige Ruhe übrigbleibt, in der ich wieder mit allem versöhnt bin und gleichzeitig weiß, daß alles hauchdünn ist, durchsichtig, eine Illusion, daß ich mich nie richtig an die Welt gewöhnen werde, weil ich in ihr bin und zugleich nicht, und daß ich diese beiden gegensätzlichen Dinge miteinander versöhnen muß. Du beginnst wieder zu leuchten, sagte Almut dann immer, komm, wir treiben die Teufel aus, und wir fingen wie die Irren an, in meinem oder ihrem Zimmer zur Musik von Chico Buarque oder den Stones oder ähnlichem zu tanzen, bis wir auf dem Fußboden landeten und, nebeneinanderliegend, auf unsere großen Reisen gingen. Almut hatte eine riesige Weltkarte an die Zimmerdecke geklebt, ich sehe sie noch vor mir, sie war anders gezeichnet als andere Karten, Sibirien auf der einen Seite und Alaska auf der anderen waren irrsinnig gedehnt, aber sie lagen nicht wie üblich oben, nein, oben war Australien, das auf einmal wirklich wie eine Insel aussah, eine Insel über dem Rest der Welt, wir wußten genau, daß wir dort einmal hinfahren würden, zu der verkehrten Welt, in der alles anders wäre, in der die Weißen von Verbrechern und von zum Tode Verurteilten abstammten, die nur an den Rändern dieser riesigen Insel wohnen konnten, weil in der Mitte eine endlose, sengende Wüste lag, in der die anderen waren, die dort schon immer gelebt hatten und aussahen, als habe das Land selbst sie hervorgebracht, ausgedörrte, versengte, verkohlte Menschen, die leichten Schrittes über die Welt gingen und lebten, als gäbe es die Zeit nicht, auch sie in einem verkehrten Leben, das in nichts dem anderer Erdenbewohner glich, als hätten sie nie etwas anderes gewollt, als einfach dort zu sein, als wären sie in diesem unveränderten Dasein einfach nur aufeinandergefolgt, ohne je etwas an der Welt zu ändern. Wir lasen von der Traumzeit, von der Zeit vor der Zeit und vor der Erinnerung, als die Welt flach war und leer und keine Konturen hatte, als es noch keine Bäume gab, keine Tiere, keine Nahrung, keine Menschen, bis zu dem Augenblick, als, niemand weiß wie, aus dem Ozean oder aus der Luft oder über den Rand der Welt die Helden erschienen, die mythischen Vorfahren. *Os heróis criativos*, in meiner Sprache besaßen diese Worte einen Zauber, den ich auch jetzt noch empfinde, wenn ich sie ausspreche. Wir wußten genau, was gemeint war, wenn eine von uns beiden das sagte, es war immer der Auftakt zum Träumen und Phantasieren, wir kannten dieses ganze Land, als wären wir schon hundertmal dort gewesen, Cairns, Alice Springs, Coral Bay, Kalgoorlie, Broome, Derby, irgendwann würden wir dorthin fahren und durch die Wüste ziehen von Meekatharra nach Wiluna und von Wiluna nach Mungilli, wir würden das Land in alle Richtungen durchstreifen, den Ayers Rock besuchen und Arnhemland und die Nullarbor Plain, die aussah wie der Mars. Australien war unser Geheimnis, wir sammelten alles, was wir darüber finden konnten, alte Ausgaben der *National Geographic*, Prospekte, die wir beim Touristenbüro holten, alles. Almut hatte ein Bild an der Wand von etwas, das Sickness Dreaming Place hieß, Geister, weiße, beschwingte Gestalten auf eine schräge Felswand gezeichnet, gefangen in Linien von der Farbe getrockneten Blutes, Linien, die auch durch ihre Körper liefen, die in merkwürdige geometrische Flächen unterteilt waren. Keine Münder, rote Löcher als Augen, fächerartige Gebilde auf den Köpfen, Geister. Wie lange diese Phantasien anhielten, weiß ich nicht mehr, aber ich spüre ihre Intensität noch heute. Alles, was wir zu besprechen hatten, besprachen wir unter diesem Bild, das ich noch immer deutlich vor mir sehe, Liebesdramen, Krach zu Hause, schlechte Noten, alles verflüchtigte sich unter diesen beschwingten heilenden Geistern, die unsere Geister geworden waren, Schutzheilige, die wir irgendwann aufsuchen würden, wenn wir sie wirklich brauchten.

4

Was uns damals angezogen hat, denke ich, war, daß sie nie etwas niedergeschrieben hatten. Nichts war dort je erstarrt, alles mögliche war heilig, aber nichts stand in einem Buch. Sie hatten keine Maschinen erfunden und waren deswegen natürlich ausgelacht worden, aber sie hatten jahrtausendelang inmitten einer feindseligen Umgebung in einer Art Ewigkeit ohne Zahlen gelebt, sie hatten die Natur nicht zerstört, und die Natur hatte sie ernährt. Das Heimweh, das sie in uns weckten, war ein sinnloses Heimweh, weil ihre Welt an der unsrigen sterben würde. Alles, was sie im Lauf ihrer endlosen Zeit erdacht hatten, war nur als Kunst sichtbar, und darüber hinaus zumeist in einer, die sie sofort wieder zerstörten, Zeichnungen im Sand, Körperbemalung für rituelle Feste, Kunst, die ihnen allen gehörte, nur nicht uns, weil wir den Schlüssel zu den Geheimnissen nicht besaßen. Wir konnten nur bis zur Oberfläche durchdringen. Wir wollten es verstehen und konnten es nicht, es war Abstraktion und gleichzeitig physische Realität. Wie sollte man das in etwas Verstehbares übersetzen, das Träumen, das nichts mit Träumen zu tun hatte, sondern ein Substantiv war, das für eine ganze Weltordnung stehen sollte vom Ursprung des Universums bis zur Zeit vor der Erinnerung. Das war zuviel für unsere siebzehnjährigen Hirne, und eigentlich ist es das noch immer. Die Blitzmänner, die Regenbogenschlange und all die anderen Wesen in menschlicher und nichtmenschlicher Form, die durch das Chaos der noch ungeformten Welt gezogen waren und so alles geschaffen und die Menschen gelehrt hatten, wie sie mit dem Universum umgehen mußten, nichts Geringeres. In dieser Traumzeit hatten die mythischen Vorfahren ein Netz von Traumpfaden über die Welt ausgeworfen. Manchmal gehörten sie nur zu den Menschen, die an einem bestimmten Ort lebten, dann wieder zogen sie weite Strecken durch die Wüste, so daß die Menschen in verschiedenen Gebieten trotz unterschiedlicher Sprachen durch einen Traumpfad miteinander verbunden sind. Und das alles war dem Land eingezeichnet, überall hatten die Geister und Vorfahren ihre Spuren hinterlassen in Form von Steinen, Wassertümpeln, Felsformationen, was es nachfolgenden Generationen ermöglichte, die Erzählungen zu lesen und so in ihre eigene Geschichte zurückzugehen. Und das war noch nicht alles. Durch die Traumpfade in der Landschaft waren nicht nur die noch immer lebendigen Kräfte dieser Ahnenwesen sichtbar und erkennbar, auch die Menschen hatten ihre eigenen Traumpfade und waren dadurch mit den Ahnenwesen verbunden. Und all das drückte sich in etwas aus, das man heute Kunst nennt, die eigene geistige Identität, das Totem, das für ein Naturphänomen oder ein Tier stand, in Liedern, die niemand sonst singen konnte, in Tänzen, geheimen Zeichen, eine Kosmogonie, in der nie etwas schriftlich festgehalten worden war, aber alles, buchstäblich alles, seinen Platz hatte, an den der einzelne oder die Gruppe stets zurückkehren würde, eine Welt ohne geschriebene Sprache, eine nie endende Enzyklopädie von Zeichen, in der man nach Zehntausenden von Jahren noch immer lesen und seinen eigenen Platz finden konnte. Je mehr wir lasen, um so weniger verstanden wir, es war zuviel und zu undurchdringbar, doch gerade diese Sichtbarkeit zog uns immer wieder von neuem an, so daß wir irgendwann das Gefühl hatten, unserer eigenen Welt entfliehen und in ein Geheimnis eintauchen zu dürfen, das wir mit niemandem zu teilen brauchten. Eines unserer Lieblingsfotos war das eines nackten älteren Mannes, der eine Felswand bemalte. Er kauerte auf seinem linken Unterschenkel, er war alt, denn er hatte weißes Kraushaar, doch sein Körper war jung, er glänzte, nur die Füße waren aschfarben, gegerbt, die Füße eines Menschen, der noch nie Schuhe getragen hatte, der später weiterziehen und dieses Bild hinterlassen würde, jemand, der in einem Denksystem lebte, das einem verschlossen blieb, der glaubte, daß einst in einer leeren Welt diese Schöpferhelden aufgetaucht waren, die einmal aussahen wie Tiere und dann wieder wie Menschen, die sich gegenseitig in Bäume oder Felsen verwandeln konnten oder einander in die Luft warfen, um so den Mond und die Planeten zu erschaffen. Irgendwann, das wußten wir genau, würden wir dorthin fahren, und auch als wir zunächst zum Studium nach Europa gingen, nach Dresden und Amsterdam und Florenz, im Hintergrund winkte und rief Australien unvermindert weiter, wir brauchten das Wort nur zu hören, um uns mit einem Lachen anzusehen, das für uns allein bestimmt war, ein Geheimnis nur von uns beiden, in das kein anderer eindringen konnte. In den Wochen nach jenem Vorfall in der Favela blieb ich zu

Hause. Ich wollte niemanden sehen. Mit meinen Eltern konnte ich nicht darüber sprechen. Almut kam dann und wann, saß an meinem Bett, sie wußte, daß sie nichts zu sagen brauchte, bis der Tag kam, an dem sie mir mitteilte, sie habe sich nach billigen Australienflügen erkundigt. Wir würden nach Sydney fliegen und von dort ins Arnhemland reisen, nach El Shirana. Von Sleisbeck aus, das in der Nähe lag, würden wir zum Sickness Dreaming Place fahren. Sie brauchte nichts weiter zu sagen, wir wußten beide, was sie meinte.

5

Almut hat zwei Elternteile deutscher Herkunft. Bei mir ist ein kräftiger Schuß südländisches Blut dabei, mein Vater ist ein Germane, dem man sofort eine Uniform anziehen könnte, aber er hatte wenigstens den Instinkt besessen, meine Mutter zu finden. Wenn er Wagner ist, dann ist sie Verdi hoch zwei, das hört man am besten, wenn sie sich streiten. Er hat mich einfach aus Neugier genommen, sagte meine Mutter immer, er wußte nicht, wen er vor sich hatte, Portugiesen, Juden, Indianer, Italiener, er wollte sehen, wer bei mir die Oberhand hatte, aber er hat die Rechnung ohne die Indianer gemacht. Die geben ihm noch immer Rätsel auf. Mir auch. Der Schatten, die Stimmung, das sind meine Indianer, ich kenne sie von meiner Mutter, wir haben gelernt, einander in Ruhe zu lassen, wenn es wieder soweit ist.

Almut hat das Chaos gebannt. Sie ist eine Germanin, sie hat Sinn für Ordnung. Sie war es, die, schon vor Jahren, unsere Australiensparbüchse eingerichtet hat. Und sie war es auch, die, ebenfalls vor Jahren, gesagt hat, wir müßten etwas lernen, womit wir unterwegs, auf Reisen, Geld verdienen könnten, damit wir nicht immer in Restaurants oder Bars abzuwaschen, als Babysitter zu arbeiten brauchten, oder noch Schlimmeres. Also haben wir einen Physiotherapiekurs absolviert, Übungen für Menschen mit Rückenbeschwerden, Massage, solche Dinge.

»Damit kommen wir um die Welt«, sagte Almut.
»In Sexlokale bestimmt.«
»Solange sie die Pfoten von mir lassen …«

6

»Ich leihe ihn nur aus«, hatte der Galerist in Adelaide gesagt, als spräche er von einem Buch oder einem Bild, einem Gegenstand. Er hatte es nicht gehört oder so getan, als hätte er es nicht gehört, ich denke, letzteres.

Eine Ausstellung von Aborigines-Malern aus ganz Australien. Sein Bild war schwarz, ein nächtlicher Himmel, von einer unendlichen Menge winziger weißer Punkte übersät, doch wenn ich Punkt sage, ist es noch fast zuviel. Man denkt natürlich als erstes an Sterne, aber das ist zu einfach. Zunächst sah man nur eine monochrome schwarze Leinwand, erst später diese Tausende unglaublich feinen Punkte, Sterne oder keine Sterne. Durch dieses feinmaschige Netz von Punkten eine unbestimmte, dunklere Form, das *dreaming* eines Totemtiers, das wiederum den Lauf eines kleinen Flusses darstellen sollte, so abstrakt, daß es für die Augen von unsereins nicht erkennbar ist. Aber mit Augen hat das natürlich nichts zu tun, es ist ein Denksystem, gegen das man prallt. Er hatte versucht, mir etwas zu erklären, und das war nicht gelungen. Während er sprach, sah er mich nicht an, es schien, als koste ihn jedes Wort größte Mühe. Soviel Almut und ich früher auch gelesen hatten, jetzt stellte sich heraus, wir hatten nur Geschichten gelesen, die für uns nie so selbstverständlich Wirklichkeit sein würden, wie dieses Bild für ihn. Das Problem war nicht das Bild selbst. Das hätte in jedem amerikanischen oder brasilianischen Museum hängen können, *Desert Lizard Dreaming at Night*, warum nicht? Auch daß ich keine Wüsteneidechse sah, war nicht das Problem. *Dreaming*, da war dieses Wort wieder. Man konnte ihm nicht entgehen, und man kam nicht an ihm vorbei, es war etwas, um das man in einem fort kreiste. Im Englischen hatte es ja noch etwas, aber versuch mal, es in einer anderen Sprache zu sagen, und zwar so, daß es dann noch dasselbe bedeutet, Religion, heilige Vorzeit, die Zeit der mythischen Vorfahren, zugleich aber Gesetz, Ritual, Zeremonie, die Geisteshaltung, aus der heraus diese Bilder erschaffen wurden, weil er dieses *dreaming*, das der Wüsteneidechse, von seinem Vater und Großvater geerbt hatte. Wie konnte man etwas erben, was kein Gegenstand war, kein Objekt? Irgendwo in ihm, in seiner Herkunft, seinem Wesen, hauste diese unsichtbare Eidechse, die keine Eidechse war und für mich in seinen Bildern nie sichtbar sein würde, ein Vorfahre in Tiergestalt, der durch die nie gezählte Zeit zu ihm gekommen war, der seine heilige Bedeutung auch dann noch bewahrt hatte, nachdem die anderen gekommen waren, die von den Traditionen nichts wußten und nichts verstanden und alles anfressen und überwältigen würden. *Dreaming*, ich liebte es, das Wort für mich zu wiederholen, als könnte ich dadurch teilhaben an diesem Geisterreich, der von Geistern bewohnten Welt, von der die Bilder erzählten und die es sonst offenbar nur in Reservaten gab, weit entfernt in der gnadenlosen Wüste, die manche auch heute noch lesen konnten wie ein Buch oder ein Lied. Jeder hatte sein eigenes *dreaming*, dazu sein Totem und die Texte, die zur eigenen Abstammung und dem eigenen Erbe aus der noch immer andauernden Erschaffung durch die Vorfahren gehörten, die ebenfalls *dreaming* hieß. In der Stadt war von alldem nichts mehr zu sehen. Die meisten weißen Australier schienen sich mit diesen metaphysischen Begriffen ziemlich schwerzutun, vielleicht, weil das, was sie von der Welt der Aborigines wahrnahmen, aussah wie menschliches Treibholz, Menschen, die die Verbindung zu ihrer Herkunft verloren hatten und nirgends mehr dazugehörten. Und mit der Vorstellung von heiligen Orten, von Boden, den man nicht betreten durfte, brauchte man ihnen schon gar nicht zu kommen, vor allem nicht, wenn sich in diesem Boden Gold und Silber oder andere begehrenswerte Dinge befanden.

7

So schaffe ich es nicht. Die Stille, die hier draußen herrscht, läßt sich mit nichts vergleichen, genau wie der Sternenhimmel. Wüstenstille, Wüstenhimmel. Im schwachen Licht der Karbidlampe sehe ich seine Haut, genauso fahlschwarz wie sein Bild, und darin den gleichen weißen Schimmer, als verberge sich hinter diesem Schwarz eine unendlich ferne Galaxie. Er kann atmen ohne ein Geräusch. Nichts macht hier ein Geräusch, ich glaube, würde man selbst noch stiller, so könnte man die Sandkörner hören, die Wüsteneidechse, den Wind im Spinifex, in den Balgas, den Grasbäumen. Wenn Wind geht. Heute nacht geht keiner. Ich war sehr lange unterwegs und bin hier angekommen. Jetzt versuche ich zu sagen, was ich denke, aber es geht nicht. Ich würde gern etwas über meinen Körper sagen, darüber, daß ich mir deutlicher denn je zuvor bewußt bin, daß es ihn nur ein einziges Mal gibt, daß er sich mit dem deckt, was ich »ich« nenne, doch dann stoße ich an den Rand der Wörter, über Ekstase kann man nicht sprechen. Und doch ist es etwas in der Art, ich habe noch nie so sehr existiert. Das hat nichts mit ihm zu tun oder, besser gesagt, er ist lediglich ein Teil davon, er gehört zu all dem anderen in einer Weise, wie ich nie zu meiner Umgebung gehört habe, und jetzt ist alles anders, ich bin diesem anderen gleich geworden, besser kann ich es nicht ausdrücken. Nur zu Almut würde ich mich so etwas zu sagen trauen, und selbst zu ihr noch nicht jetzt. Ich weiß, daß sie mich nicht auslachen würde, ich habe ihr immer alles sagen können, aber noch ist der Augenblick dafür nicht gekommen. Ich bin der Stille gleich, dem Sand, dem Sternenhimmel, das sagt man nicht, und man sagt auch nicht, ich bin nur ein Individuum, aber ich weiß zum erstenmal meinen Platz. Mir kann nichts mehr passieren, das sagt man schon gar nicht. Wieder so ein Satz, den man nicht laut aussprechen will, aber so ist es. Ich bin nicht hysterisch, ich weiß, wovon ich rede. Ich weiß auch, daß Almut es versteht. Selbst wenn es noch so kurz ist, ich habe mit diesem Mann meinen Schatten eingeholt, und das ist gut. Wir sind jetzt zusammen, ich bin hell und dunkel zugleich. Ich weiß, wenn ich gleich hinausgehe, wird nirgendwo Licht sein. So habe ich auch gestern dagestanden, und dann gibt es nur noch zweierlei, dich selbst und all das andere, und dann macht es nichts mehr, daß du eines Tages darin verschwinden wirst, du hast alles gesehen und alles verstanden. Ich bin unerreichbar geworden, souverän. Wäre ich ein Musikinstrument, ich würde die schönste Musik hervorbringen. Ich weiß, daß ich darüber mit niemandem sprechen darf, und trotzdem ist alles wahr. Zum erstenmal habe ich begriffen, was man im Mittelalter unter der Sphärenharmonie verstand. Ich stehe im Freien und sehe die Sterne nicht nur, sondern höre sie.

Wer hat bloß die Engel aus der Welt verbannt, obwohl ich sie noch immer um mich spüre? Meine Examensarbeit befaßte sich mit der bildlichen Darstellung musizierender Engel, Hieronymus Bosch, Matteo di Giovanni, in erster Linie aber mit einer Abbildung aus einer illuminierten Handschrift des vierzehnten Jahrhunderts.

Man sieht den heiligen Dionysios an einem Pult an seinem Buch über die Hierarchie unter den Engeln schreiben, die in neun konzentrischen Bögen über ihm schweben. Über seinem infulierten Haupt fliegen sie einander entgegen mit ihren mittelalterlichen Saiten- und Blasinstrumenten, Psalter und Tamburinen, Orgeln und Zimbeln. Hier liege ich mitten in der Wüste und höre sie, ein unvorstellbares Jubeln in der Stille. Engel, Wüsteneidechse, Regenbogenschlange, die Helden der Schöpfung, alles stimmt. Ich bin angekommen. Und wenn ich wieder gehe, brauche ich nichts mitzunehmen, ich habe alles bei mir.

8

Ich denke über das nach, was ich da sage. All diese Wörter, Psalter, infuliert, Engel, Zimbeln, gehören nicht zu den seinen. Dachte ich, aber er hat mich ausgelacht.

Nicht das richtige Wort, ausgelächelt hat er mich, weggeschoben mit einem Blick, der aus weiter Ferne kam. Dies wird die kürzeste Beziehung meines Lebens, und ich werde jeden Moment davon behalten, als hätte sie eine Ewigkeit gedauert. Ich weiß, daß er mich für alle Zeiten für andere verdirbt, und es ist mir egal. Er ist genau zum richtigen Zeitpunkt gekommen. Es gibt vieles, was ich nicht verstehe. Durch unsere Gesichter kann man hindurchschauen, durch seines nicht. Es könnte aus Onyx sein, es gibt nichts zurück. Wo er herkommt? Er hat mir eine Karte gezeigt, Australien, dieselbe Form wie immer, eine Art schlafendes Rind ohne Kopf. Im Innern nicht die üblichen politischen Grenzen, nur farbige Flecke, darin Wörter, Ngaanyatjarra, Wawula, Pitjantjatjara, verschwundene oder noch existente Völker, ich weiß es nicht. Zu jedem dieser Namen gehört oder gehörte eine Sprache. Du mußt das Wort Aborigines abschaffen, sagte er, aber er sagte nicht, woher er kommt. Über keine der Vorstellungen, mit denen ich in dieses Land gekommen bin, will er sprechen, die Mythen, die Traumzeit, die Traumwesen, seine eigene Herkunft. Im Prospekt seiner Galerie steht eine Geschichte über sein Totem, die Wüsteneidechse, doch als ich ihn danach frage, zuckt er mit den Achseln.

»Glaubst du nicht mehr daran?« fragte ich.

»Wenn ich noch daran glauben würde, dürfte ich erst recht nichts darüber sagen.«

»Also glaubst du nicht mehr daran?«

»Das ist zu einfach.« Ende des Gesprächs.

Ich versuche, alles auf eine Art Kühle zu reduzieren, mit den Augen eines Außenstehenden zu betrachten, wer ich bin, meine Geschichte, wie ich hierherkam, meine Träume von diesem Land, das so anders ist, als ich erwartet hatte, die Monate, die ich schon hier bin, ich will wissen, ob ich mir etwas vorgelogen habe, aber alles stimmt, ich bin nicht verrückt, wenn es Ekstase gibt, dann ist dies Ekstase pur, etwas, was ich immer gewollt habe, etwas, das nicht zu dauern braucht. Nein, daß es nicht dauert, ist gerade die Voraussetzung. Vielleicht ist das gegen die Gesetze, jemand, der dich ansieht, dir die Hände auf die Schultern legt und sagt, daß er in einer Woche wieder wegmuß, und dann auch wegbleibt, als müßte man ein ganzes Leben in einer Woche zusammenballen, undenkbar.

9

Mein Australien war eine Fiktion, eine Flucht, das wußte ich schon im Moment der Ankunft. Ich war ausgelaugt vom langen Flug und hatte Angst. Almut hatte durchgehend geschlafen, den schweren Kopf die meiste Zeit auf meiner Schulter, doch jetzt wurde sie wach, zog mich am Arm, wollte, daß ich mir den Orion anschaute, der hier schief am Himmel hing, ein gestrauchelter Jäger. Ich spürte, wie sie vor Aufregung zitterte. Das war immer schon der Unterschied zwischen uns. Bei Veränderungen schrumpfte ich, und sie dehnte sich aus. Sie strömte förmlich über, es war physisch spürbar, es schien, als könne sie die Landung nicht erwarten, wolle vorausfliegen und mich mitreißen.

Sogar die Ankunft auf dem Flughafen war für sie keine Enttäuschung, sie schien den gräßlichen Lysolgeruch nicht zu bemerken, der zu englischen Flughäfen gehört und in gar keiner Weise ein Vorbote des Traumlandes sein konnte, das wir uns einst, vor so langer Zeit, in unseren Zimmern in São Paulo ausgedacht hatten. Dies hier war das Land der Sieger, ich hörte ihre harte, geknödelte Sprache, die all die anderen Sprachen verjagt hatte, wußte, daß ich einen fatalen Irrtum begangen hatte, ein Gefühl, das erst nach ein paar Tagen schwinden sollte. Bei Almut war es umgekehrt. Sie war anfangs euphorisch und blieb es die ersten Wochen. Wir hatten eine Art Hippiehotel gefunden, wo wir selbst kochen konnten. Eine Arbeitsgenehmigung besaßen wir nicht, aber das war kein Problem. Schon in der ersten Woche hatte sie einen Job bei einem sogenannten Physiotherapeuten, aber darunter sollte ich mir nichts Großartiges vorstellen. »Ich bin für den Placeboeffekt da, alte Damen mit Arthrose und junge Kerle, die sich beim Windsurfen was gezerrt haben. Mein Gott, haben *die* Körper, das nimmt kein Ende. Und du darfst keinen Muskel vergessen, ich habe noch nie so viel Fleisch gesehen, wenn du das essen müßtest, dein Cholesterinspiegel würde in die Höhe schießen. Und ihre Libido haben sie auch nicht daheim gelassen, die steht einfach in einem Glas neben ihnen, aber davon lasse ich die Finger.«

Ein paar Wochen später hatte sie die Finger doch nicht davon gelassen und war gefeuert worden.

»Wie kannst du nur so blöd sein?«

Sie zuckte mit den Achseln. »Brasilianisch, oder? Es steckt zwar nicht in meinen Genen, aber etwas habe ich doch davon mitbekommen. Und ich finde sie so rührend. Diese riesigen Körper, und sie wissen nicht ein noch aus damit. Die reinsten Bauwerke, jetzt kapiere ich, woher das Wort Bodybuilder kommt. Surfen, Rugby, Cross-Country durch die Wüste, halbe Büffel auf den Grill wuchten, aber *sophistication pouco*, habe ich jedenfalls noch nirgends gefunden. Und er war so atemberaubend groß, das war kein Mann mehr, sondern ein Phallussymbol, den hätte man ohne weiteres in einen Shiva-Tempel setzen können, das ganze Dorf wäre gekommen und hätte ihm geopfert. Und dann auch noch große blaue Augen, die sagen, Mammi, hilf mir doch, plus einen Urwaldschrei gratis dazu, ich hab mich zu Tode erschrocken. Tja, dann kommt eben der Chef reingerannt und du hast ein Problem. Dieser gräßliche verkniffene Mund, Königin Victoria wiedergeboren. Mein Gott, was für eine englische Zicke: ›Oh Miss Kopp, I dare say, this is a decent establishment.‹ Aber ich habe wieder einen für mein Tagebuch. Und was machen wir jetzt?«

Es regnete. Ich hatte einen Job in einem Strandlokal, aber sie hatten angerufen, ich bräuchte nicht zu kommen. Das war der Deal. Bei Regen keine Arbeit, ohne Arbeit kein Geld. *Fair enough.*

»Weißt du noch, weswegen wir hergekommen sind?« fragte Almut.

Ich wußte es. Wir waren gekommen, um den Sickness Dreaming Place zu besuchen, aber darüber hatten wir nie mehr gesprochen. Und über den anderen Grund auch nicht. Wir konnten schwerlich sagen, daß wir nach Australien gekommen waren, um Aborigines zu sehen, nicht einmal zueinander.

Als errate sie, was ich dachte, sagte Almut: »Weißt du noch, wie wir uns Australien vorgestellt haben? Wie wir die Traumzeit suchen wollten? Ich habe noch niemanden getroffen, der dem ähnelte, was wir damals geträumt haben. Es gibt sie nicht. Jedenfalls bin ich ihnen nicht begegnet. Das einzige, was ich gesehen habe, war ein Haufen verlorener Seelen in einem Park.«

»Das ist nichts Neues, das wußtest du schon.«

»Ja, aber nicht, daß es so aussehen würde. Wie ein Konzentrationslager ohne Gitter. Du riechst das Bier auf zehn Meter.«

»Du hörst dich an wie ein Australier. Ich habe das schon hundertmal gehört. Bei mir im Strandlokal gibt es zwei.«

»In der Küche, ja. Zum Abwaschen. Und um den Müll wegzubringen.«

»Es sind nette Jungs.«

»Aber klar doch. Hast du mit ihnen gesprochen? Hast du gefragt, wo sie herkommen?«

Aber ich hatte nicht mit ihnen gesprochen. Oder, besser gesagt, sie hatten nicht mit mir gesprochen.

Am meisten aufgefallen war mir ihr Gang, aber das läßt sich nur schwer erklären. Schief ist nicht das richtige Wort, aber so ähnlich. Sie schoben sich auf diesen langen, dünnen Beinen durch den Raum, an denen die Knie ein Stück vorstanden. Sie gingen, als wären sie nicht wirklich da. Es war auch keine Hilfe, daß sie einen nicht ansahen. Ich weiß nicht, ob scheu das richtige Wort ist, jedenfalls war es nie zu einem richtigen Gespräch gekommen. Die übrigen Angestellten gaben sich gar nicht erst Mühe. Als ich das Thema einmal gegenüber einem der Köche, einem Werkstudenten, anschnitt, hatte er gesagt: »Du projizierst da zuviel hinein. Ihr Ausländer stellt euch alles mögliche darunter vor. Die Hälfte von dem, was ihr lest, ist Fake. Diese Welt gibt es nicht mehr. Die, die du hier siehst, sind zwischen zwei Stühle gefallen, und sie werden ganz allein wieder aufstehen müssen. Diese ganzen Geschichten über heiligen Boden, die sind natürlich toll, aber was soll man jetzt tun? Ich geb ja gern zu, es ist schrecklich, was alles passiert ist, aber noch einmal, was soll man jetzt tun? Oder besser gesagt, was sollen sie jetzt tun? Zu deinem Vergnügen ihre Körper bemalen? So tun, als wären wir nie gekommen? Sie haben verloren. Das mag empörend sein, aber was sollen wir machen? Bußgeld bezahlen, einen Bogen um die heiligen Orte machen, auch wenn Uran darunter liegt? Dies ist das einundzwanzigste Jahrhundert. Wart's ab, bis du mal in so ein Reservat kommst, da wird ein Museumsleben aufgeführt, du kannst eine Zeitreise machen, aber nur gegen Bezahlung. Sofern du überhaupt reindarfst. Davor habe ich komischerweise noch am meisten Respekt, wenn sie sagen: Ihr könnt uns mal, bleibt draußen. Da sitzen sie dann und schmoren in ihrem Sandkasten, tausend Kilometer von allem entfernt, und tun so, als existierte die Welt nicht. Das machen sie schon seit Jahrtausenden, aber damals gab es die Welt wirklich nicht.«

»Ihre gab es«, hatte ich gesagt.

»Mich brauchst du nicht zu überzeugen. Aber sie leben in einer Luftblase. Dafür weißt du keine Lösung, und ich auch nicht. Und auch all die wohlmeinenden Menschen nicht, die sie am liebsten einfrieren würden. Und dann gibt es noch die Leute, die an ihnen verdienen. Museumstypen, Galeristen, Anthropologen. Nein, die Zeit läßt sich nicht zurückdrehen.«

»Was grübelst du so«, sagte Almut, »weißt du noch, worüber wir sprachen?«

»Du hast gefragt, was wir jetzt tun sollen, oder?«

»Findest du das so abwegig? Sieh dich doch mal um. Angelsächsische Trübsal, oder etwa nicht? Ich will einen *bem-te-vi* hören, einen *periquito* hören, einen *sabiá* hören, ich will einen *ipê roxo* sehen, eine *quaresmeira* mit violetten Blüten, ich will im Rodeio einen *churrasco* essen, im Frevo ein eiskaltes Bier trinken, ich will im Bazar 13 einen Bikini kaufen, ich will meinen Großvater in der Hípica Paulista Karten spielen sehen …«

»In einem Wort, du hast Heimweh.«

»Schon möglich.«

»Und der Sickness Dreaming Place?«

»Bingo. Morgen.«

»Aber wie?«

»Wir fliegen nach Alice Springs. Dort kaufen wir einen alten *four-wheel drive*, ein Wrack, und dann fahren wir Richtung Norden, nach Darwin. Sind wir gleich wieder in den Tropen.«

»Und mein Job?«

»Kündigen. Wir finden schon was Neues. Ich kann dieses braune Sofa nicht mehr sehen, und ich kann dieses gräßliche Mein-erster-Schultag-Kind mit dem Pony an der Wand nicht mehr sehen, ich kann diese klapprigen Plastikstühle nicht mehr sehen, und ich kann dieses blöde Weib mit den Pickeln nicht mehr sehen. ›Could you please cook normal food, darling, the whole house smells like an African village …?‹«

»Los, komm. Reisebüro. Arnhemland.«

10

Alice Springs. Es ist erst wenige Wochen her, aber bei mir ist alle Vergangenheit immer Gegenwart, sagt Almut. Der Central Business District ist ein geradliniges Netz zwischen Wills Terrace und Stuart Terrace, acht Straßen, die sich an den Fluß, der kein Fluß ist, schmiegen. Was auf der Karte Todd River heißt, ist ein ockerfarbener Sandkasten. Darin stehen ein paar verkümmerte, durstige Bäume, unnütz überspannt von Brückenbögen. Auf einer verdorrten Grasfläche ein paar Aborigines, ein Feuer, Rauch, liegende Gestalten, Schlaf. Ich bin nach Anzac Hill gefahren, Almut wollte nicht mit. Im ehemaligen Telegraphenamt Fotos von Pionieren, Kamelen. Bis hierher waren sie gekommen, jetzt, 1872, sollte die Strecke bis nach Darwin und weiter nach Java gebaut werden, um den Anschluß an Europa zu gewinnen. Hier hängen auch Fotos von einer Zusammenkunft von Aborigines, einem *corroboree*, 1905. Dreihundert Generationen Aranda, fünf Generationen Weiße, hat jemand danebengeschrieben, und so sieht es auch aus. Ich starre auf die von fremdartigen weißen Malereien bedeckten schwarzen Körper, sie haben die Hände auf dem Rücken verschränkt, vier sind es. Die Zierde der Farben ist dahin, die altmodische Fototechnik hat die Landschaft in einen reflektierenden Lichtstreifen aufgelöst, und in dem stehen sie, die Körper voll Zeichensprache, weiß gepunktete Wellenlinien, Schlangen, labyrinthische Formen, Rätsel. Wie sie da stehen, bedeuten sie etwas in jenem verflogenen Augenblick, ich kann sie nicht lesen. Aus der Ferne wird deutlich, wie unscheinbar Alice Springs ist, es ist wirklich fast nichts, vergleichbar mit der Erde in unserer Galaxis, ein Seufzer, noch nicht mal ein Komma. Man kann sehen, wie die wenigen Straßen schachbrettartig angelegt worden sind, wo die Bahngleise aus dem Süden enden und einstweilen nicht weiter in den tropischen Norden führen, doch hinter dem Wenigen wartet das Viele, die Ebene, die Bergrücken, der gerade Strich einer verlorenen Straße in der Ferne, der Straße, auf der wir nach Darwin fahren würden. Was mir noch in Erinnerung ist von dieser Straße? Die maßlose Trokkenheit, die *road trains*, riesige Trucks mit zwei oder drei Anhängern, die einen Büffel wie einen Hund an den Straßenrand fegen. Ein Hirsch in einer grellen Blutlache. Einmal sind wir in einer Wolke aus rotem Staub vom Stuart Highway abgebogen. Der Boden hart und geriffelt, ein irrsinniges Gerüttel, das einen auf die andere Straßenseite treibt, dann wieder sandig-locker und rutschig. Die Flüsse, die auf der Karte eingezeichnet waren, ausgetrocknet. Und überall kleine, gemeine Fliegen. Ich möchte mir gern vorstellen, wie sie durch diese endlose Leere gezogen sind, aber ich kann es nicht.

11

Es gibt sie, durchscheinende Menschen. Es gibt sie vielleicht auch in Schwarz, aber dieser war weiß und uralt. Er trug die vergilbte Version eines Tropenhelms auf dem Kopf. Unter diesem Helm hervor troffen, es gibt kein anderes Wort dafür, lange Strähnen schmutzigweißen Haars herab, die in einen breit ausfächernden Bart derselben Farbe übergingen. Der magere Körper war in einer ebenfalls abgelaufenen Tropenuniform mit ausgefransten Manschetten verborgen, aus denen lange, dünne Hände heraushingen, die mit ihren eklig langen Fingernägeln eher wie Klauen aussahen. Doch die Stimme, die die Gestalt im Schaukelstuhl hervorbrachte, stand zu all dem im Widerspruch, sie war überraschend hoch und melodiös.

»Klapp das Buch da ganz schnell zu«, sagte die Stimme. »Du kannst noch zehn Jahre lang deine Hausaufgaben machen und wirst doch nicht dahintersteigen. Ich bin schon fünfzig Jahre hier und verstehe es immer noch nicht. Wo bist du, bei den *moieties*?«

Erwischt. Ich hatte auf dem Weg hierher von den *moieties* gelesen und tatsächlich nichts verstanden. Oder, besser gesagt, ich hatte kapiert, was da stand, aber nicht, wie es funktionierte. Daß *moiety* von *moitié* kam und folglich Hälfte bedeuten mußte, hatte ich selbst auch schon herausgefunden, aber diese verblüffende Komplexität des sozialen Lebens einer Aborigines-Gemeinschaft, was wer von welcher Hälfte nicht mit wem von der anderen Hälfte tun durfte und was wiederum wer mit der anderen Gruppe tun *mußte*, warum jemand in Arnhemland zur *dua moiety* gehörte und seine Frau zur *jiridja*, und was das dann wieder bei Ritualen und Zeremonien bedeutete, und daß es innerhalb dieser Schemata auch noch Unterteilungen in Dialektgruppen und Clans gab, was sich wiederum darauf auswirkte, wer was malen durfte und wer nicht und wer welchen Teil eines Liedes singen durfte oder eben gerade nicht, höhere Mathematik und japanische Hofzeremonien waren nichts dagegen, mir war schwindlig geworden, ich hatte aufgegeben. Die Lieder hatte ich gehört, an diesem Vormittag im Museum. Almut hatte schnell Reißaus genommen, aber ich war in eine Art Trance geraten durch das klägliche, kreisende Singen einer Gruppe älterer Frauen, das kein Ende zu nehmen schien. Es glich nichts, was ich kannte, ein paar arme, alte Frauen, die aussahen wie von der Sonne verkohlt, auf roter Erde, die ebenfalls verkohlt war, Staub wirbelte zwischen ihren gegerbten nackten Füßen auf. Mit Füßen und Stöcken stampften sie auf den harten, trockenen Boden, der wirkte wie Stein, die Melodie kreiste und kreiste und schien sich ständig zu wiederholen, die Worte waren so weit von jeder Bedeutung entfernt, daß man kaum glauben konnte, daß es Sprache war, während es genau darum ging, Sprache, Geschichten, Ahnenwesen, die in schmalen Booten übers Meer gekommen waren und in diesen Liedern über das Land gingen, in dem ich mich befand, und die Tiere und die Geister schufen, die die Totems werden sollten, welche noch immer eine so große Rolle im Leben der Menschen spielten.

»Setz dich hierher.«

Die Stimme war gebieterisch, und ich gehorchte. Das Gesicht unter dem Helm war aus Pergament, doch die eisblauen Augen leuchteten. Das Englisch, das er sprach, war von der Art, mit der man ein Territorium an Herkunft und Erziehung absteckt, ein Wunder, daß er es in diesen fünfzig Jahren am Leben hatte halten können. *Pom* nennen die Australier so jemanden. Die Tropenkleidung hing viel zu weit um ihn herum, was sich darunter befand, mußte fast ein Skelett sein, doch die Stimme widersprach allem, und an seinem linken kleinen Finger trug er einen Wappenring. Auch er hatte also sein Totem.

»Meine Augen sind noch gut. Ich kenne das Buch, in dem du gelesen hast. Es ist vor langer Zeit geschrieben worden, und man sagt, es sei ein Meisterwerk, aber es wird dir nicht weiterhelfen. Ich habe es an den abstrakten Zeichnungen erkannt, Linien mit Nummern und Buchstaben, die die geheime Welt hier erklären sollen. Sehr honorig, und alles korrekt. Wer von welcher Abstammung wen heiraten darf, wer mitmachen darf, wenn der Leichnam ausgeräuchert wird, wer nicht mitsingen darf, wenn die Knochen erneut bestattet werden, wer von der mütterlichen Linie und wer von der väterlichen und bis ins wievielte Glied ... am Ende weißt du alles und vergißt es sofort wieder. Du bist keine Anthropologin?«

»Nein.«

»Na also. Selbst wenn du alles gelesen hast, wirst du sie anschauen und nichts wissen. Ich will es nicht geheimnisvoller machen, als es ist, aber es ist geheimnisvoll, und dazu auch noch schön. Vielleicht nicht die Menschen, Praxiteles hätte sie nicht in Stein gemeißelt, uns im übrigen auch nicht. Sie entsprechen anscheinend nicht unserem Schönheitsideal, obgleich ich das schon lange nicht mehr sehe. Ich finde sie schön, es ist das Alter ihrer Welt, das sie schön macht. Jedenfalls in meinen Augen. Und das, was sie machen, ihre Lieder, ihre Kunst. Sie leben ihre Kunst, es gibt keinen Unterschied zwischen ihrem Denken, ihrem Leben, und dem, was sie machen. So ähnlich wie bei uns im Mittelalter, bevor alles auseinandergerissen wurde. Eine geschlossene Welt, darin lebt es sich leicht. Darum ist es für euch auch so anziehend, wenn ich das so sagen darf. Euch, das klingt nicht nett. Aber ich wohne schon seit Jahren in diesem entlegenen Winkel, ich sehe euch kommen und suchen. Es ist alles zugleich, Poesie, eine komplette Lebensweise, auf Menschen, die von irgendwoher kommen, wo fast nichts mehr stimmt, wirkt das sehr verführerisch. Und es ist zerstört, oder zumindest fast. Haben sie danach nicht alle gesucht, nach dem verlorenen Paradies?

Sie haben einen endlosen Traum geträumt, eine Ewigkeit, in der sie für alle Zeiten hätten weiterleben können, in der sich nie etwas hätte zu ändern brauchen. Wesen waren einst gekommen, die die Welt erträumt hatten, und jetzt durften sie selbst weiterträumen in der von Geistern beherrschten Welt mit ihren verzauberten Orten, ein System, in dem wir keinen Platz haben, selbst wenn wir es wollten.«

Ich sagte nichts. Hinter der Veranda hörte ich das holpernde Rauschen der großen altmodischen Deckenventilatoren in der Diele. Ich wußte das alles, aber meinetwegen konnte diese Stimme noch lange so weitersprechen. Es war ein merkwürdiger Singsang, eine Art Lamento, das einen seltsamerweise nicht traurig machte. Und vielleicht hatte ich ja genau das hören wollen, daß ich draußenbleiben durfte, außerhalb aller Gelehrtheit, aller Erklärungen, daß ich es unverstanden auf mich zukommen lassen durfte wie früher, in unserem Zimmer in Jardins, als wir uns von den Bildern hatten verführen lassen. All die Darstellungen, Graphiken, Abstraktionen konnten nichts mit den tanzenden Frauen zu tun haben, jedenfalls würden sie mich einer Lösung des Rätsels nicht näherbringen, und vielleicht sollte ich das auch gar nicht wollen. Besser, ich erinnerte mich an die Felsmalereien, die Landschaften, die rauh geflüsterten Worte, mit denen jemand mich in jener ersten Nacht aus meinem eigenen Leben gehoben hatte, Worte, von denen ich nichts verstanden hatte, genausowenig wie von den Liedern an diesem Morgen, die ich trotzdem für immer bei mir haben würde.

Ich legte das Buch weg.

»Gut so. Ich habe es nicht nur so dahingesagt. Ich weiß das, weil ich das Buch geschrieben habe.«

Ich sah ihn an. Auf der Rückseite des Buches war ein junger Mann zwischen ein paar Jägern mit Speeren abgebildet. Cyril Clarence. Er sah aus wie James Mason in jung. Das Foto mußte vor mindestens sechzig Jahren gemacht worden sein. Ich sagte es. Er lachte.

»Ich erlaube mir nicht, irgend etwas zu bereuen, aber ich habe ein halbes Jahrhundert meines Lebens dafür hergegeben, zu verstehen, wie ihre Welt zusammenhängt.«

»Und wissen Sie es jetzt?«

Er antwortete nicht. Statt dessen nahm er das Buch, das ich auf den Tisch neben ihm gelegt hatte, faltete die hinten eingelegte Karte auseinander und zeigte auf einen Fleck ungefähr zweihundert Kilometer östlich von Darwin. Es führten keine Straßen dorthin. Ich sagte es.

Er lachte. »Inzwischen schon. Oder, na ja, Tracks für Allradwagen, und auch nur zur richtigen Jahreszeit. Früher gingen sie zu Fuß hin. Dort hat ein Freund von mir gewohnt.«

»Jetzt nicht mehr?«

»Nein, jetzt nicht mehr. Er ist ermordet worden. Er war Maler und Jäger, er hatte dort ganz allein eine Landebahn angelegt, mehr oder weniger mit bloßen Händen. Sie lebten dort in einer kleinen Gemeinschaft, waren zu ihrem alten Grund und Boden zurückgekehrt, denn den vergessen sie nie. Heilige Orte, geheime Orte, verbotene Orte, du darfst vieles vergessen, aber das mußt du behalten, denn auch wenn du es nicht sehen kannst, es ist eine verzauberte Welt, mit verzauberten Pflanzen, verzauberten Tieren, eine Landschaft voll unsichtbarer Schlüssel. Mehr brauchst du nicht zu wissen. Er wurde von seinem Schwiegersohn ermordet. Ich ging manchmal zu ihm, er hat mir viel erzählt. Und ich sprach mit ihm über Funk. Ich dachte, sie leben im Paradies, aber dem war offensichtlich nicht so. Auch dort nicht. Er machte schöne Sachen, ab und an flog einer von diesen Galeristen hin, um etwas abzuholen, damit verdiente er viel Geld. Daß diese Stücke in amerikanischen Museen zu sehen waren, sagte ihm nicht viel. Er hatte auch nie Lust, die Ikonographie ausführlich zu erläutern, er war weise genug, zu wissen, daß die Unbekannten, die seine Werke sehen würden, ihre magische Bedeutung nicht verstehen konnten oder verstehen würden und sie ausschließlich zu Dekorationszwecken oder als Geldanlage kauften. Und ansonsten lebte er von der Jagd, er war auch ein phantastischer Fischer und Jäger.«

»Und warum wurde er ermordet?«

»Neid. Dies ist noch immer die reale Welt, auch hier. Man muß sehr stark sein, um mit all diesen Veränderungen fertigzuwerden. Er war es, aber oft geht es schief. Unsere Welt ist gefräßig.«

»Und der Täter?«

»Gib mir mal die Karte.

Hier, siehst du das? Diese endlose braune Fläche? Keine Straßen, nirgends. Hunderte und Hunderte von Kilometern Leere. Es gibt keine Wege außer dem Track, der zum Nganyalala Outpost führt, ein paar hundert Kilometer weiter östlich. Darum herum nur Leere, Nichts, Busch, Überschwemmungsgebiet. Wenn es sein muß, können sie jahrelang durchhalten. Er hat seine alte Mutter mitgenommen, die weiß, wie man in dieser Wildnis überleben kann. Wo du Stein siehst, sieht sie Wasser. Hauptsache, man kann die Welt lesen. Wurzeln, kleine Tiere, Beeren. Man hat sie jedenfalls nie gefunden. Wo wolltest du hin?«

»Zum Sickness Dreaming Place.«

»Aus einem bestimmten Grund?«

»Ja.«

»Hm. Schwierig.« Er deutete auf die Karte.

»Hier. Sleisbeck Mine.« *Abandoned* stand dahinter. »Da darf man offiziell nicht hin. Es war schon immer ein schwieriges Gebiet. Als Leichhardt 1845 ins South Alligator Valley zog, bekam er echte Probleme mit den Jawoyn, die dort lebten. Es ist heiliger Boden für sie. Der Ahnengeist, der dort das Sagen hat, will nicht, daß die Erde gestört wird, wer es trotzdem tut, dem wird Schreckliches zustoßen. Die Gegend heißt Sickness Country, weil dort viel natürliche Radioaktivität freigesetzt wird. Heiliger Boden, das ist *eine* Sache, Uranminen sind wieder was anderes. Seit 1950 holt man in der Gegend Gold, Uran, Palladium und weiß der Himmel was sonst aus dem Boden. Australische Staatsverschuldung auf der einen Seite und giftiges Grubenwasser, aussterbende Tierarten, verletzte sakrale Landrechte und Ahnenmythen auf der anderen, eine reichlich explosive Mischung. Und dann gibt es dort auch noch diese herrlichen Felsmalereien, Lascaux ist nichts im Vergleich dazu.«

In diesem Augenblick kam Almut auf die Terrasse geschneit und wedelte mit einer Zeitung. Sie nahm Cyril zur Kenntnis und ließ sich auf einen Stuhl fallen. Almut wunderte sich nie über irgendwas, auch nicht, wenn man sich mit einem Hundertjährigen unterhielt.

»Hier, sieh dir das an! Dann weißt du wieder, daß du woanders bist. ›Stammesälteste singen Aborigine tot‹! Ich habe mir ernsthaft vorzustellen versucht, wie sie das machen. Mit manchen Geräuschen kann man Menschen foltern, das weiß ich. Mit einem Tropfen, den man unentwegt in einen Eimer fallen läßt, das hab ich mal gehört, macht man jemanden absolut wahnsinnig. Aber durch Singen? Vielleicht in der Art, wie wir es heute morgen im Museum gehört haben, dieses langsame Geleier, das hat mich auch wahnsinnig gemacht, ich hab nicht kapiert, wie du dir das so lange anhören konntest. Diese tiefen Töne, die gingen mir richtig durch die Knie, es war wie Sägen.« Sie machte das Geräusch einer alten Bohrmaschine nach.

»Wovon redet deine Freundin?« fragte Cyril. »Mir gefällt eure Sprache, aber ich verstehe kein Wort.«

Ich sagte es ihm, und er lachte. Es schien, als nähme Almut ihn jetzt zum erstenmal wahr. Sie sah mich fragend an und sagte: »Wo hast du den aufgegabelt? Ich wußte gar nicht, daß dieses Modell noch hergestellt wird, der kommt ja aus 'nem Film. Warum mußte er so lachen?«

»Totsingen«, sagte Cyril. »Es wäre schön, wenn das ginge. Aber hier bedeutet das etwas anderes, obgleich es eigentlich auf das gleiche hinausläuft. Das macht man, wenn jemand sich durch irgend etwas außerhalb der Gemeinschaft gestellt hat. Wenn er das Totem eines anderen gestohlen oder sich auf andere Weise gegen ein wichtiges Tabu versündigt hat. Dann wird er oder sie durch einen Bannfluch ausgestoßen, und das geschieht singend. Niemand aus der Gruppe darf einem dann noch helfen, in keiner Hinsicht. Da kann man genausogut tot sein. Das sind die Menschen, die man in den Großstädten herumlungern sieht. Die gehören nirgends mehr dazu.«

Almut sagte nichts. Die Geschichte schien sie zu enttäuschen. Sie stand auf und sagte: »Wieder um eine Illusion ärmer. Worüber habt ihr gesprochen, bevor ich kam?«

»Über Sleisbeck. Cyril sagt, es ist schwierig.«

Sie griff den fremden Namen auf, als hätte sie ihn schon hundertmal gehört.

»Dann soll Cyril uns eben sagen, wie wir dorthin kommen.«

»Gar nicht, sagt er. Wir sollten lieber irgendwo anders hinfahren. Ubirr. Kakadu. Nourlangie.«

Gemeinsam starren wir auf die Karte. Die Hand, mit der er auf die Orte deutet, scheint aus durchsichtigem Marmor zu sein.

»Und was wird jetzt mit Sickness?«

»Ich bin schon geheilt.«

12

Er steht auf der Terrasse, als wir am nächsten Tag wegfahren. Unsere alte japanische Klapperkiste macht einen gottsjämmerlichen Lärm, aber wir sind aufgedreht. Almut singt das halbe Repertoire von Maria Bethania, von Zeit zu Zeit werden wir von einem *road train* auf die Seite gedrückt, die Fahrer schreien uns lachend etwas zu und machen obszöne Gebärden. Es ist Oktober, *the wet*, die nasse Jahreszeit hat angefangen, doch der große Regen setzt erst später ein. Nach vierzig Kilometern biegen wir links ab, Richtung Arnhemland. Almut summt die Ortsnamen, Humpty Doo, Annaburroo, Wildman Lagoon. Irgendwo sollen wir uns zwischen Jabiru und Ja Ja entscheiden, aber das kann ich auf der Karte nicht finden, und dann wird die Straße zu einer roten Spur und diese Spur zu einer endlosen Wiederholung ihrer selbst, umgeben von einem trockenen, totenstillen Wald.

Wir steigen an einem Fluß aus, die Stille zischelt mit unbekannten Geräuschen. *Crocodiles Frequent this Area. Keep Children and Dogs away from Water's Edge.* Ich blicke auf die schwarze, glänzende Oberfläche, den roten Boden zu meinen Füßen, getrocknete Eukalyptusblätter wie Schriftzeichen aus einem ausgekippten Setzkasten. Auf dieser Straße herrscht fast kein Verkehr, wir sind allein in unserer Staubwolke, und genau so sehen wir aus großer Entfernung die wenigen anderen sich nähern, als Wolken, Erscheinungen. Ich bin glücklich. Bei Ubirr müssen wir eine Stunde zu Fuß gehen.

»Majestätisch«, murmelt Almut. Ich sehe sie an, weil ich wissen will, was sie meint, und sie deutet um sich und legt dann den Arm um mich, als wolle sie mich vor etwas schützen, aber wovor?

»Alles ist so alt«, sagt sie schließlich. »Ich habe das Gefühl, daß ich selbst unermeßlich alt bin, als wäre ich schon immer hier gewesen. Zeit ist nichts, ein Furz. Jemand könnte uns einfach wegpusten, tausend Jahre hin oder her, das bedeutet alles nichts. Und wenn wir zurückkämen, würden wir uns selbst nicht wiedererkennen. Gleiches Hirn, andere Software. Ich weiß, wovon ich spreche, ich habe zuviel in die Augen der Abos geschaut. Hast du keine Probleme damit? Tausend Jahre, zehntausend Jahre lang die gleichen Augen, dieselbe Landschaft. Sie sind ihre eigene Ewigkeit, nicht auszuhalten.« Und dann lacht sie und sagt: »Wegen großen Ernstes entlassen«, aber sie hat recht. Alles, Steine, Bäume, Felsblöcke, will sein erdrückendes Alter in dich bohren, nirgends eine menschliche Stimme, um dich abzulenken, der graue, bösartige Glanz der Steine wehrt den Eindringling ab, kein Wunder, daß sie denken, dieser Boden sei heilig. Gemurmel von Sträuchern, Geraschel von unsichtbaren Tieren. Hier haben sie gelebt, unter dieser überhängenden Felswand Schutz gesucht, dort unten und über ihren Köpfen haben sie die Tiere, von denen sie lebten, gemalt und gezeichnet, später notiere ich die Namen: *barramundi*, der große Fisch, *badjalanga*, die Langhalsschildkröte, *kalekale*, der Wels, *budjudu*, der Leguan.

»Ich lege mich hin«, sagt Almut, »ich kriege einen Krampf im Nacken.«

Ich lege mich neben sie.

»Das müßte man in der Sixtinischen Kapelle auch machen können«, sagt sie noch, aber ich bin schon verloren, es ist, als läge ich in einer großen mykenischen Tonvase. Phantasiefische, die nach unten schwimmen, das Raffinement der Zeichnung, die kleinen weißen Menschen daneben so bescheiden, gesichtslos, als wollten sie sagen, sie seien eigentlich gar nicht da. Als ich länger hinschaue, sehe ich, daß die Felswand hundert Farben hat, Erosion, Verwitterung, Schimmel, Zeit, alles hat sich in diesem Stein eingenistet, und darüber liegt das Bild, das dort draußen, lebendig, als Wirklichkeit existiert hat und durch jemanden hindurchgehen mußte, um hier in den Farben des Bodens von neuem zu existieren, unbeweglich, niedergeschrieben, in die Zeit geritzt.

Ich würde gern etwas erwidern, weiß aber nicht, wie, etwas zu dem, was Almut gerade gesagt hat, die Zeit als Furz, aber das kann nur sie, bei mir wird das immer gleich verworren und feierlich zugleich. Zwanzigtausend Jahre sind diese Zeichnungen alt, hat Cyril gesagt, und dann geht es nicht mehr um diese Nullen als Zahl, sondern als etwas Stofflichem, Gewebe, das mich umfängt, was ich sehe und was ich bin, schwebt im selben Kontinuum, das wie ein Zaubergewand die Zeit aufhebt, zerstört, ungültig macht, so daß sie zu einem Element wird wie Wasser und Luft, zu etwas, in dem man sich in alle Richtungen bewegen kann und nicht nur in die eine, wo der eigene Teil davon aufhört.

»Stop, stop«, sagt Almut, aber da sind wir bereits aufgestanden und von dem Felsüberhang zu dem darübergelegenen Plateau gegangen. Tief unter uns liegt eine Landschaft, die sich bis zum Ende der sichtbaren Welt hinzieht. Landschaft wie aus einem Traum, Göttergestalten gehören da hinein. Ein Raubvogel steht still darüber, als müsse er allein über sie wachen, andere, weiße Vögel schwimmen auf einer sumpfigen Fläche vor einem Waldrand. Genau unter uns, am Fuß der Felsen, die spitzen Pyramiden von Termitenhügeln, Sandpalmen so unscheinbar wie Gras, Felsblöcke eines zerstörten Tempels.

»Ich wollte dich nicht auslachen«, sagt Almut. »Ich weiß, was du meinst, ich kann es bloß nie so ausdrücken. Es hat mit Melancholie zu tun, aber auch mit Triumph.«

»Ja«, sage ich, und dann würde ich noch gern hinzufügen, daß der Triumph darin besteht, daß man für einen Augenblick weiß, man ist sterblich und gleichzeitig unsterblich, aber ich lasse es. Zeit ist ein Furz, ist viel kürzer und bedeutet vielleicht dasselbe. Sechzig Millionen Jahre alt ist die Landschaft, in die ihr fahrt, hatte Cyril gesagt. Yellow Water, Alligator River, die Farbe von Asche, weiß angelaufene Kautschukbäume in moosgrünem Wasserland, die Spur eines toten Flusses, eine blutende Felswand, wo ein Monster in die Erde gebissen hat, es ist genug, wir müssen gehen. Irgendwann, vor langer Zeit in einem Zimmer in São Paulo, haben wir uns auf die Reise gemacht. Jetzt sind wir angekommen.

13

Wie viele Worte kann man denken, während man im selben Raum bleibt? Ich habe eine Reise im Kopf gemacht und bin dort gelandet, wo ich bereits war, in der Stille. Die, die dem Mann neben mir in der Galerie begegnet ist, war schon nicht mehr dieselbe, die sechs Monate zuvor in Sydney angekommen war. Ich müßte sagen: Ich war nicht mehr dieselbe, möchte das auch sagen, aber zwischen mir und mir ist eine Distanz entstanden, die zu überbrücken ich noch lernen muß. Almut sagt, du bist bloß verliebt, aber das stimmt nicht. Es ist viel mehr. Es ist gleichzeitig: etwas bekommen und etwas aufgeben. Diesen Mann werde ich nicht halten, weil er mich nicht hält. Das hat er mir von Anfang an klargemacht, und auch das hat mit Distanz zu tun. Er ist so unzugänglich wie seine Bilder. Die kann man sich an die Wand hängen, aber man besitzt sie damit noch nicht, sie werden einem nie gehören, weil sie aus einer Welt kommen, zu der man selbst keinen Zugang hat. Es geht nicht darum, daß ich nicht in seine Welt passe, daß er mich nie dorthin mitnehmen würde, wo er herkommt, daß er sich womöglich meiner schämt, mich jedenfalls denen nicht *zeigen* will, denen er wohl am nächsten ist, es geht auch nicht darum, daß er mich im Grunde wie eine Touristin zu einem Ort mitgenommen hat, an dem das Leben der Aborigines wie in einem Theater aufgeführt wird, komplett mit *bush tucker* und *didgeridoo* und offenem Feuer und unbeholfenen Tänzen, die dem, was ich in dem Museum in Darwin gesehen habe, in nichts gleichen, und daß er mich damit unterschätzt und eigentlich beleidigt, weil man auch nicht darüber sprechen kann, gerade weil er einfach nicht spricht. Aber mir macht das nichts aus. Vielleicht wollte er mir etwas klarmachen, etwas, das ich lieber nicht wissen will. Aber wenn die Nacht kommt und der ganze Unsinn vorbei ist, sind wir wieder allein mit der Stille, allein mit unendlich wenig Worten, ich hatte nicht gewußt, daß sie so knapp bemessen sein können. Aber mir ist alles recht. Oder doch nicht? Gibt es das, Pornographie ohne Porno? Ausschließlich als Idee im Kopf, ohne irgendeine graphische Vorstellung? Pure Pornographie des Geistes, eine Situation, in der die Lüge jede Handlung, Streicheln, Küssen, einen Orgasmus haben, in etwas anderes verwandelt, etwas Obszönes und Perverses? Das denke ich, und gleichzeitig liege ich hier und warte, bis er wieder eines seiner wenigen Worte spricht, bis er mich wieder berührt und ich wieder vergessen will, was ich denke.

Almut hat einmal was von »deinem edlen Wilden« gesagt. Das war das erste Mal seit Jahren, daß ich wütend auf sie war. Nicht wegen der Beleidigung, sondern weil sie nichts verstand. Sie hat immer verstanden, was mit mir los war, und jetzt hatte ich sie plötzlich verloren. Mit Verliebtheit hat es nichts zu tun, es ist viel schlimmer, obszöner, perverser. Wenn es Verliebtheit wäre, müßte ich sagen, daß ich in ein Felsgebirge verliebt bin oder in ein Stück Wüste. Es hat mit diesem Bild angefangen. Ich stand verloren davor. Es stand in keiner Beziehung zu dem, was ich auf unserer Reise gesehen hatte. Hier keine Figuren, keine sichtbaren Wesen, die, wie fremdartig sie auch schienen, doch erkennbar gewesen waren. Hier gab es nur ein undurchdringliches, provozierendes Schwarz, durch das eine Form von Licht spielte, ein Widerspruch, der mich in dieses Schwarz hineinsog, genau wie später bei ihm. Doch mit all diesen Worten komme ich nicht in die Nähe dessen, worum es geht. Von außen muß es banal genug ausgesehen haben. Man steht bei einer Vernissage zu lange vor einem Bild, man verschließt sich allem um einen herum, den Stimmen, den Menschen, man denkt den verbotenen Satz *Wie eine dunkle Wolke*, will nichts davon wissen, nichts von der Gewalt, von der Angst und dem Abscheu, und spürt, wie man in diese Wolke gesogen wird, als hätte man keine Reise in und durch ein Land gemacht, von dem man all die Jahre geträumt hat, eine Art Kindertraum, sondern einzig und allein eine Reise zu diesem Bild wie zu einem Exorzismus, der nur stattfinden kann, wenn ich mich in das Tabu hineinsaugen lasse. Tränen strömen mir über die Wangen, aber ich stehe mit dem Rücken zu den anderen. Für sie ist nichts von alldem zu sehen. Wenn sie überhaupt etwas mitbekommen, dann, wie der Galeriebesitzer zu mir tritt und sagt: »Dieses Bild scheint Sie ja sehr zu interessieren«, dann meine Tränen bemerkt, mit den Worten »Ich wollte Sie gern mit dem Künstler bekannt machen« flüchtet und erst viel später mit ihm zurückkehrt, als ich meine Tränen längst getrocknet habe, die jedoch wieder hochkommen, als er vor mir steht, weil er selbst dieses Bild ist. Alles dreht sich um den Schmerz des Genesens, das habe ich mittlerweile verstanden. Ich erzähle nichts, auch Almut nicht. Und ich erwarte nichts, ich habe mich ausgeliefert. Der Galerist mußte ihm etwas gesagt haben, denn er stand schweigend vor mir, scheu oder einfach unendlich weit weg, das weiß ich nicht, noch immer nicht. Manchmal denke ich, daß er mich nicht einmal sieht, daß ich, während er mich berührt oder mit mir vögelt, unsichtbar für ihn bin, jemand ohne Seele, eine Form, eine Gestalt, und deshalb scheint das, was wir tun, keine Substanz zu haben, als stecke sein angekündigtes Fortgehen bereits in allem, in seinem langen Schweigen, seiner Stille, seiner Weigerung, mich zu sehen, obwohl ich schreie, um gesehen zu werden, und weiß, daß es nicht geschehen wird und daß ich das bereits wußte, als ich das Bild sah.

Weiter gibt es nichts zu berichten. Die Woche, die er mir gegeben hat, ist um. Der Galerist, der am Ende des Abends betrunken war, hatte gesagt: »Ich leihe ihn nur aus, sei vorsichtig mit ihm. Und versuche vor allem nicht, mit ihm über seine Bilder zu sprechen. Das darf er nicht, es ist zu kompliziert, das zu erklären. Tabu, Geheimnis, Totem, diese ganze Welt, aus der bleibt man besser draußen.« Er gab uns den Schlüssel zu seinem Häuschen in Port Wilunga, am Ozean. Dort sind wir spazierengegangen, an jenem ersten Tag, eine endlose Wanderung, es war Flut, ich hatte das Gefühl, das Brüllen der Brandung sei für mich bestimmt, als müsse sie das Schweigen neben mir gutmachen. Von Zeit zu Zeit zeigte er auf einen Vogel, nannte einen Namen. Sonst kein Wort. Nur zu Beginn diese Erklärung, ausgesprochen, ohne mich dabei anzusehen, als sei es die Declaration of Independence, daß er nach einer Woche gehen müsse, »zu meinem *mob*«, ohne auch nur zu sagen, wo in Australien das war. Wir liefen, bis es dunkel war. Danach gingen wir in das kleine Haus, das er bereits kannte. Er war dort schon gewesen, das war klar. Mit anderen, auch das war klar. Er machte das Licht nicht an, legte mir die Hand in den Nacken, Finger gespreizt. Die Berührung war sehr leicht, aber ich spürte, wie hart seine Finger waren. Es kann nicht sein, daß jemand einen kaum berührt und man trotzdem das Gefühl hat, hochgehoben zu werden. Was danach folgte, war eine Art endloses Wiegen, ich kann es nicht anders sagen. Es paßte zum Geräusch der Brandung draußen, diesem Anschwellen und Verebben, in das ich aufgenommen wurde, bis ich fühlte, wie ich zerfloß, und nicht mehr dazusein brauchte. Als ich am nächsten Morgen aufwachte, war er weg. Vom Fenster aus sah ich ihn im ersten Sonnenlicht sitzen, eine dunkle Silhouette im Sand, unbeweglich wie ein Stein, und plötzlich wußte ich es. Ich hatte die eine Erinnerung gegen eine andere eingetauscht, und die würde mich genausowenig in Ruhe lassen wie jene erste. Ich würde im Kopf eines anderen sein, ohne zu wissen, wer ich dort war. Früher hätte ich diesen Gedanken unerträglich gefunden, nun machte er mir nichts mehr aus. Ich wußte jetzt selbst, wer ich war. Irgendwann, in einer eigenartigen Anwandlung, hatte ich meine Mutter einmal gefragt, woran sie im Augenblick ihres Todes gern denken würde. Sie hatte nicht geantwortet, nur den Kopf geschüttelt. Es gibt Dinge, über die spricht man nicht, hatte sie schließlich gesagt.

»Nicht einmal mit deiner Tochter?« fragte ich.

»Gerade nicht mit deiner Tochter«, sagte sie.

Nach den Tagen in Port Wilunga fuhren wir zu diesem merkwürdigen Ort, einem Reservat, in dem wir Aborigines gespielt haben. Das klingt mies, aber so war es. Warum er das getan hat, weiß ich nicht. Immerhin weiß ich jetzt, wie man sich in der Wüste ernährt und wie man in der totalen Stille selbst zu Stille werden kann. Meine Anwesenheit wunderte niemanden, vielleicht kam er öfter mit jemandem her. Den gutgemeinten Unsinn habe ich an mir abgleiten lassen, ich habe mich in Abwesenheit geübt, das kann ich. Es war nicht sein *mob*, und sie sprachen englisch mit ihm, also war es auch nicht seine Sprache. Aber ich habe ihn immerhin lachen sehen, wenn auch nicht mit mir. Vielleicht hätte ich ihm gern gesagt, was in dieser Woche mit mir passiert ist, doch meine dunkle Wolke konnte nie die seine sein, die würde ich wieder mitnehmen, für den Rest meines Lebens, als könnte eine Wolke die andere aufheben. Wir werden sehen. Die letzte Nacht, ich streiche mit der Hand über den Erdfußboden neben uns. Er fühlt sich hart und trocken an, Erde, die zu Papier geworden ist. Alles ist anders als in dem Land, aus dem ich komme. Draußen das erste Licht. Es strömt mit einer Gewalt über die Welt, die kaum zu ertragen ist. Mennige. Blut. Ich drehe mich um, will ihn ansehen. Er schläft, noch immer. Auch er ist eine Form. Ich würde ihn am liebsten aufheben und mit ihm hinausfliegen über die immense Leere dieses Landes bis zu dem Fleck, wo er herkommt, wo er hingehört und ich nicht.

14

»Habt ihr denn wenigstens mal gelacht?« fragte Almut. Ich wußte, daß diese Frage kommen würde. Ich wußte auch, daß sie böse war, empört. Wenn nicht gelacht wird, stimmt etwas nicht. Nicht für sie. Ich war allein nach Adelaide zurückgekehrt, wir hatten das Häuschen in Port Wilunga noch für eine Nacht, und sie wollte es sehen. Derselbe Strand, derselbe Ozean, dieselben Vögel, deren Namen ich jetzt kannte. Wir saßen hoch oben auf einer Düne in einem kleinen Restaurant, das Star of Greece hieß, weil hier mal ein griechisches Schiff gesunken ist. Es war wieder Flut, die Brandung hatte noch immer alles mögliche zu erzählen. Ich nicht. Ich wußte, daß Almut wartete, so war unsere Beziehung immer gewesen, ohne Geheimnisse voreinander. Aber ich wußte auch, daß ich nichts sagen konnte, noch nicht.

»Was hast du in dieser Woche gemacht?« fragte ich schließlich.

»Ich? Mich mal ordentlich ausgetobt, zufrieden? Nein, ich habe darüber nachgedacht, wie es weitergehen soll. Ich wußte nicht, ob du zurückkommst.«

»Ich hatte dir doch gesagt, ich bin nach einer Woche wieder zurück, oder?«

»Ja, und das Gesicht, das du dabei gemacht hast, hätte auch das Gegenteil bedeuten können. Als ob du am liebsten nie mehr zurückkommen würdest.«

Ich zuckte mit den Achseln, aber sie fing an sich aufzuregen. Ich wußte, ich mußte jetzt einen Sturm über mich ergehen lassen.

»Warum gibst du nicht einfach zu, daß es etwas gibt, worüber wir uns Gedanken machen müssen? Erstens ist das Geld alle, aber darum geht es nicht. Ich wußte nicht, was mit dir los war, das bin ich nicht gewöhnt. Ich habe mir Sorgen gemacht. Es ist nicht einmal, weil dieser Mann sich geweigert hat, mich zu sehen, meiner Meinung nach hat er dich auch nicht gesehen.

Ich finde seine Bilder wunderschön, vor allem das eine, nach dem du so verrückt warst. Den Titel habe ich vergessen, aber wenn man ›Die Pforten der Hölle‹ daruntergesetzt hätte, man hätte nicht weit danebengelegen. Kein Wunder, daß dieser Mann nie lacht. Ich sehe die übrigens nie lachen.«

»Die?«

»Okay, sorry. Aber in Alice Springs, an einem Abend, als du schon schliefst, bin ich ein bißchen zu weit gegangen, ich hab es dir nicht erzählt.«

»Was ist passiert?«

»Nichts. Ich stand auf einmal vor drei von diesen Kerlen, sie totenstill, ich totenstill.

Sie stanken drei Meilen gegen den Wind nach Bier. Sonst nix. Standen da und starrten mich an, bis ich mich umdrehte. Das war alles.« Sie wartete einen Moment und sagte dann: »Es war so irrsinnig traurig.«

»Dieselbe Traurigkeit kannst du auch bei uns in São Paulo sehen.«

»Nein, nicht dieselbe. Erstens wird da immer gelacht, egal, wie groß das Elend ist. Unsere Sklaven kamen aus Afrika, die konnten wenigstens tanzen. Wirklich tanzen, meine ich. Kannst du dir hier eine Sambaschule vorstellen? Aber das ist es nicht mal, was ich meine. Es ist alles so hoffnungslos. Kennst du diesen Satz von Groucho Marx? Wir standen am Rande des Abgrunds, aber wir machten einen Schritt nach vorn? Nicht einmal das hat hier geklappt. Man hat sie unmittelbar vor dem Abgrund zurückgezogen, aber die Hälfte ist Fake.«

»Was ist Fake?«

»Alles. Früher haben sie ihre Bilder in den Sand gemalt oder auf ihren Körper. Das hat etwas bedeutet, und dann verschwand es. Wind darüber, Zeichnung weg. Man konnte es nicht kaufen. Woher weiß ich, daß es echt ist, wenn ich so ein Stück bemalten Bast kaufe, wie man ihn früher einem Toten mitgegeben hat? Wie viele von diesen Dingern macht so einer? Und dann? Hocken sie irgendwo im Busch mit ihrem geheimen Was-weiß-ich und warten, bis wieder so ein Typ von einer Galerie in einer Piper Cub mit einer Tasche voll Geld landet?«

»Du bist enttäuscht.«

»Vielleicht. Und vielleicht habe ich recht.«

»Weil unser kostbarer Kindertraum nicht der Wirklichkeit entspricht? Aber vor einer Woche, in Ubirr, warst du noch fast in Ekstase. Hast du das vergessen?«

»Nein, das habe ich nicht vergessen. Es ist nur dieses Gefühl, daß das alles zum Tode verurteilt ist, wie auch immer. Und als ich dich verschwinden sah . . .«

»Ich bin nicht verschwunden.«

»Nein, aber du sahst so tierisch unglücklich aus . . .«

»Ich war nicht unglücklich. Ich war ... irgendwo anders. Ich habe versucht, etwas herauszufinden.«

Sie legte mir eine Hand auf den Arm.

»Ich frage nichts mehr. Tut mir leid. Aber laß mich dann wenigstens mal lachen. Sag mir ein Wort, über das ich lachen kann. Und danach muß ich dir was erzählen. Wir haben ein Angebot, über das du lachen wirst, jedenfalls hoffe ich das. Aber erst ein Wort.«

»Maku.«

»Maku«, wiederholte sie. »Wann soll ich anfangen zu lachen?«

»Wenn du weißt, was es bedeutet.«

»Sag mal einen Satz.«

»Ich habe in der Wüste köstliches *maku* gegessen. *Witchetty grubs*, Larven von Motten und Käfern. Die findet man in der Nähe von Mulgabäumen. Und *tjara*, Honigameisen. Wenn es geregnet hat, kann man sie einfach unter einem Mulgabaum ausgraben. Die Ameisen schwellen dann an und werden so groß wie eine Murmel. Sie sind gefüllt mit einem gelblichen, widerlich süßen Zeugs, das für die Arbeitsameisen bestimmt ist, die saugen das aus. Du siehst, ich habe viel gelernt. Du kannst mich jetzt in die Wüste schicken, ich komm schon durch. Und dein Angebot?«

»Ist in Perth. Scheißweit weg, aber das schafft unsere Klapperkiste gerade noch. Dort gibt es ein Literatur- und Theaterfestival. Sie suchen Engel, Statisten, die als Engel auftreten.«

»In einem Theaterstück?«

»Nein. Ich weiß nicht, ob ich es richtig verstanden habe, aber sie haben mir erklärt, daß während des Festivals überall in der Stadt Engel entlang einer festgelegten Route versteckt werden, die man dann suchen muß.«

»Und was müssen wir da machen?«

»Nix. Wir kriegen Flügel und werden eine Woche lang jeden Tag zu einem verborgenen Ort gebracht, in einer Kirche oder einem baufälligen Haus oder einer Bank, und da müssen wir dann den ganzen Tag bleiben und uns finden lassen. Das Ganze hat was mit *Paradise Lost* zu tun.«

»Hab ich nie gelesen. Vielleicht früher in der Schule, aber ich erinnere mich an nichts. Oder doch, einen Engel mit einem flammenden Schwert, der Adam und Eva aus dem Paradies vertreibt.«

»Ach ja, und Satan, ein endloser erster Teil über Satans Haß auf Gott.

Und wie Eva glaubt, sie müsse diesen Apfel unbedingt essen. Alles sehr traurig, aber wie es genau war, weiß ich nicht mehr, nicht richtig.«

»Ich auch nicht. Und wenn diese Leute uns dann finden?«

»Dann dürfen sie uns nicht ansprechen. Das heißt, sie tun es natürlich doch, aber wir dürfen nicht antworten. Wir dürfen uns auch nicht bewegen. Aber es wird gut bezahlt.«

»Wie bist du drangekommen?«

»Stand in der Theaterzeitung hier. Ich hab angerufen. Es gibt Castings. Ich denke, dich nehmen sie auf jeden Fall. Bei mir dürfte es schwieriger werden.« Sie deutete auf ihre Brüste. »Hast du schon mal einen Engel mit Titten gesehen?«

15

Jetzt bin ich also ein Engel. Es war nicht schwer. Die Regisseurin hat mich sofort rausgepickt. Du mußt vor allem stilliegen können, hatte sie gesagt. Und zu ihrem Assistenten: »Sie ist so klein, sie paßt gut in diesen Schrank in dem Gebäude in der William Street, in der Nähe der Gledden Arcade, notier das mal.«

Und zu mir: »Glaubst du, du kannst stilliegen? Denn darauf kommt es an.«

Ich habe geantwortet, das sei überhaupt kein Problem. Ich hatte genug zum Nachdenken. Auch bei Almut gab's kein Problem. Sie hatte ihre Brüste so gut es ging versteckt, hätte sich diese Mühe aber sparen können. »Die stellen wir oben auf His Majesty's Theatre gegenüber von Wilson's Car Park. Sie sieht mir ganz so aus, als könne sie ein paar Stunden lang ein Schwert in die Luft strecken.«

Gestern hatten wir den ersten Tag. Abends war Almut todmüde.

»Ich steh den ganzen Tag in der Scheißsonne, allerdings habe ich auch eine phantastische Aussicht. Nur Leute sehe ich keine, wie ist das bei dir?«

»Ich sehe sie auch nicht.«

Ich sehe sie nicht, aber ich höre sie. Ich höre sie die Treppe heraufkommen. Dann stehen sie einen Moment lang still, bis sie mich entdecken, diesen Augenblick spüre ich, das ist immer sehr merkwürdig, weil sie nur einzeln kommen dürfen, jeder muß den Weg allein machen. Ich versuche herauszuhören, ob es ein Mann ist oder eine Frau, aber ich darf mich nicht umdrehen. Ich liege auf dem Boden dieses Schranks, mit dem Gesicht zur Wand. Wenn jemand hereinkommt, versuche ich, meinen Atem so lange wie möglich anzuhalten, nur wird man dann mit der Zeit irrsinnig steif, und die Stelle, wo die Flügel angebunden sind, tut schrecklich weh. Gott sei Dank höre ich immer, wenn jemand die Treppe heraufkommt, wenn ich nichts höre, kann ich kurz die Schultern bewegen, sonst würde ich durchdrehen. Was auch schlimm ist, sind die Leute, die ganz lange stehenbleiben, die hoffen, daß man es nicht aushält und sich umdreht. Das sind Männer, das weiß man. Ich konzentriere mich dann auf alle meine Verkündigungen, die Haltungen, die Stellung der Flügel. Und ich denke an ihn, daran, wie wir in der Wüste lagen, ebenfalls auf dem Boden. Schade, daß ich da meine Flügel noch nicht hatte. Ich wüßte gern, ob er an mich denkt und wo er ist. Und dann träume ich ein bißchen, was er wohl sagen würde, wenn er hier reinkäme, ob ich seine Schritte erkennen und mich entgegen allen Verboten umdrehen würde, aber das ist natürlich Unsinn. Inzwischen weiß ich aufgrund des Malstils, wo sich sein *mob* befindet, es war nicht schwer, das herauszubekommen, es gibt eine ganze Sippe, die so arbeitet, im Museum hier habe ich auch die Bilder der anderen gesehen, jener, die ich gern kennengelernt hätte und die er vor mir verborgen gehalten hat oder umgekehrt, denn natürlich bin ich diejenige, die er verborgen gehalten hat. Mit derlei Spintisiererei vergehen die Stunden. Die Wand des Schrankes, in dem ich liege, hat für mich keine Geheimnisse mehr, ich kenne jeden Spalt, jeden Kratzer, jede Unebenheit, meine Gedanken streifen hindurch wie ein Wanderer durch eine leere Landschaft. Wenn niemand da ist, singe ich leise vor mich hin. Mit der Zeit gerät man dann in eine Art Betäubung oder man träumt, man könne fliegen. Das Idiotischste ist, wenn wir abends abgeholt werden, ein ganzer Bus voll Engel, wirklich eine wilde Horde. Koks, Beruhigungspillen, mathematische Probleme, jeder hat seine eigene Methode, um durchzuhalten. Alle sind todmüde und platzen vor Geschichten. Vor allem die Engel, die die Leute sehen können, haben es schwer, weil sie die irrsten Dinge zu hören bekommen, Liebeserklärungen, Schweinigeleien, Obszönitäten. Die wissen, daß wir nichts antworten dürfen, das scheint manche Leute wahnsinnig anzutörnen.

Über die Woche, die ich weg war, haben Almut und ich nicht mehr gesprochen. Ich habe diese Tage in mir verwahrt. Manchmal frage ich mich, wie es jetzt weitergehen soll und ob wir noch lange in diesem Land bleiben werden. Ich weiß, daß Almut eigentlich nach Hause will, aber ich bin noch nicht soweit. Am liebsten würde ich allein in die Wüste ziehen, aber ich traue mich nicht, ihr das zu sagen. Abends im Hotel, wenn sie noch in der Bar ist, nehme ich das Bild aus der Verpackung und stelle es auf den Tisch an die Wand. Dann setze ich mich genau davor, wie eine meditierende Nonne. Nach wenigen Minuten beginnt es zu wirken, ich spüre eine Sehnsucht, für die ich keine Worte habe und von der ich weiß, sie wird für immer zu mir gehören. Ich will Almut noch nichts sagen, und ob man so etwas beschließen kann, weiß ich nicht, aber ich denke, ich werde immer umherziehen, um aus der Welt meine Wüste zu machen. Ich habe genug zum Nachdenken für ein ganzes Leben. Überall gibt es Larven und Honigameisen, überall Beeren und Wurzeln, und jetzt weiß ich, wie ich sie finde. Ich kann überleben.

II

1

Alles, was wir brauchen, ist eine Stadt am Wasser, Januar, einen Tag mit nassem Schnee, einen Bahnhof. Von den Farben am besten Grau, eine versteckte Sonne, die sich ihre Hitze für die andere Seite der Welt aufspart und für die Geschichten, die dort geschrieben werden. Dreizehn Bahnsteige, einige voller als andere. Und jetzt schlägt die Wünschelrute, die zu unserem Beruf gehört, deutlicher aus, sie zuckt und zieht uns zu einer lockeren Gruppe nicht zueinander gehörender Reisender, Statisten, Komparsen. Sie spielen heute keine Rolle, obwohl man sich da natürlich nie sicher sein kann, schließlich sind wir nicht die einzigen in diesem Geschäft. Vielleicht gehören sie zum Personal einer anderen Geschichte. Der braune Mantel, nein, die junge Frau mit dem kleinen Kind, nein, die drei Soldaten auch nicht, der Mann dort mit dem eigenartigen Hut, der ist zu alt, das wird zu kompliziert. Aber wir müssen uns beeilen, der Zug hätte eigentlich schon dasein sollen. Richtig, der Mann da hinter dem nicht zu übersehenden Bayern, der seine *Bildzeitung* weit aufgeschlagen hat, das ist er, das muß er sein, zerzauste Frisur aus nicht allzuviel Haar, Augen wäßrig von der Kälte, nein, nicht der dahinter, der nützt uns nichts. Falsche Richtung, der andere da, der ist es, der Mann, der jetzt schon zweimal auf seine Armbanduhr geschaut hat, ja, genau, der. Wildlederschuhe, englisch, ein wenig fahl, Baumwollhose in dieser unbestimmten Armeefarbe, grauer Lodenmantel, roter Schal, Kaschmir, das denn doch. In diesem Aufzug stecken ein paar Gegensätze, sowohl was die Farbe betrifft als auch in puncto Alter. Eine Spur Künstler, ein Kapitän außer Dienst, jemand, der sich in Laren das Hockeyspiel seiner Tochter ansieht, so versuchen die Kleidungsstücke sich gegenseitig aufzuheben, als sei sich ihr Träger unschlüssig, wer er nun sein will, und habe versucht, diese Unschlüssigkeit mit dem aufreizenden Rot seines Schals zu überspielen. Also näher heran. Es wäre denkbar, daß manche Frauen den Mann attraktiv finden, wenngleich dies vielleicht nicht sein bester Moment ist. Er sieht sich um, ob vielleicht doch noch jemand kommt, aber das kann er vergessen. Der Zug hat jetzt gerade Haarlem passiert, also: fangen wir an. Leben gründlich durcheinanderzumischen, wenn auch nur für kurze Zeit, ist keine Kleinigkeit. Es gibt Elemente, wie in der Chemie, die einander suchen und abstoßen. Leben werden nun mal in langwierigen Prozeduren zubereitet. Genau, wie Gerichte. Nein, das stimmt, es gibt niemanden, der kocht, es sei denn, man wolle das Leben selbst als Koch bezeichnen, warum auch nicht? Jedenfalls ist die Chemie, die hier erforderlich ist, nicht unkompliziert. Das eine kocht länger als das andere, die Herde stehen an verschiedenen Orten der Erde, was dabei herauskommt, ist ungewiß. Dieser Vergleich hat hier in unserer Geschichte die längste Zeit gehabt, jetzt nur noch soviel: Das Leben, um noch kurz bei dieser dummen Abstraktion zu bleiben, ist als Koch ein völliger Idiot. Darunter leiden, meistens, die Menschen, und davon profitiert, manchmal, wenngleich nicht allzu häufig, die Literatur. Wir werden sehen.

2

Erik Zondag war sich nicht ganz sicher, in welcher Stimmung er sich befand, während er auf den Zug nach Österreich wartete, und das war kein Wunder. Es war kalt, er fühlte sich unwohl, und er wußte nicht, was ihn erwartete, außer daß er zu einer Kur fuhr, die sein Freund Arnold Pessers ihm empfohlen hatte. Arnold war, wie Erik Zondag selbst, in jenem nicht klar begrenzten Landstrich angelangt, der von Dichtern als dunkler Wald umschrieben wird und von Ärzten als Mitte des Lebens, eine unsinnige Bezeichnung, vor allem wenn man bedachte, daß der Zeitpunkt des Endes in der Regel ja nicht feststand. Sollte dieses unverhofft früher eintreten, als es laut Statistik zu erwarten war, dann müßte auch die Mitte vorrutschen, so daß sie unter Umständen schon längst hinter einem lag, ein Gedanke, der Erik Zondag nicht fröhlicher stimmte. Der Zug hatte Verspätung, durch das schmutzige Glasdach des Hauptbahnhofs sah er, wie wilde Böen nassen Schnees über das IJ trieben. Es war Freitag und noch zu früh für die Zeitung, für die er als Kritiker arbeitete, so daß er den Artikel nicht lesen konnte, in dem er den jüngsten Roman einer nationalen Koryphäe in Grund und Boden verrissen hatte. Manche Schriftsteller wurden unangenehm alt, mit der Zeit kannte man alle ihre Obsessionen und Manierismen, es wurde zuwenig gestorben in der niederländischen Literatur. Reve, Mulisch, Claus, Wolkers, Nooteboom, die hatten schon geschrieben, als er noch in den Windeln lag, und wie's aussah, dachten sie keineswegs daran, das Schreiben einzustellen, seiner Meinung nach nahmen sie die Idee ihrer Unsterblichkeit etwas zu wörtlich. Seine Freundin Anja, die in der Kulturredaktion der konkurrierenden Tageszeitung arbeitete, hatte ihm vorgeworfen, seine Kritik sei nicht fair.

»Dir stinkt es schlicht und einfach, daß du morgen verreisen mußt.«

»Das hat nichts damit zu tun. Ich kenne den Mann schon mein ganzes Leben, ich habe das Gefühl, ich kann diese Bücher allmählich selbst schreiben.«

»Niemand hindert dich daran. Dann würdest du endlich auch mal richtig Geld verdienen.«

Anja war achtzehn Jahre jünger, und das war ziemlich unverzeihlich. Sie lebten jetzt vier Jahre zusammen, falls man ihre Lebensweise so nennen konnte, denn jeder wohnte weiterhin in seiner eigenen Wohnung, sie im Norden von Amsterdam, er im Süden, was den Tagesablauf in der Praxis manchmal etwas kompliziert machte. Sie fand, seine Einrichtung gleiche einem Hundekorb, »dem Korb eines ziemlich alten Hundes«, und er war der Meinung, ihre im achten Stock gelegene Wohnung mit Blick auf den Polder sehe aus wie ein Labor. Weiß, kahl, wie geleckt, hatte er gedacht, nicht wirklich ein Ort, an dem man zu seinem Vergnügen übernachtete, da die Dinge, derentwegen sie zueinanderkamen, seiner Ansicht nach besser in einem Hundekorb als in einem Labor stattfanden. Anja teilte diese Ansicht nicht. Sie teilte, dachte er jetzt, immer öfter seine Ansicht nicht. Auch das Gespräch über seine Rezension hatte gestern kein gutes Ende genommen.

»Meiner Meinung nach bist du bloß neidisch auf diesen Mann.«

»Neidisch? Auf diesen aufgeblasenen Fatzke?«

»Aufgeblasen – okay. Aber schreiben kann er.«

»Bei euch hat er doch auch eine schlechte Kritik bekommen.«

»Kann sein, aber die war wenigstens nuanciert. Du hast ihn schlicht und einfach niedergemacht.«

Zu einer Liebesnacht war es danach nicht mehr gekommen. Niederländische Autoren hatten einiges zu verantworten.

»Es wird höchste Zeit, daß du diese Kur machst.« So hatte am Morgen das Fazit gelautet. »Du bist wirklich keine reine Augenweide mehr!« Das stimmte. Ein unrasierter Mann von fast Fünfzig, der im Januar, morgens um halb acht, auf die endlose Trübsal des Polders blickt, weiß so etwas, vor allem wenn das Radio auch noch berichtet, daß im Gazastreifen wieder zwölf Palästinenser erschossen worden sind, die Aktien nun wirklich ihren kläglichen Tiefststand erreicht zu haben scheinen und die Koalitionsverhandlungen für das neue Kabinett fürs erste völlig in der Sackgasse stecken.

»Ich habe nicht die geringste Lust auf diese Kur. Eine lachhafte Menge Geld dafür, eine Woche lang nichts zu essen zu bekommen.«

»Wenn du mit dieser Einstellung hinfährst, hat es sowieso keinen Sinn. Und wenn du's nur machst, um die Kilos loszuwerden, über die du ständig jammerst. Arnold sagt, er ist als neuer Mensch zurückgekommen.«

»Möchtest du das denn?«

»Was?«

»Einen neuen Menschen? Muß ich in meinem Alter noch ein anderer werden? Ich hab mich gerade halbwegs an mich gewöhnt.«

»Du dich vielleicht. Mich ziehst du manchmal ganz schön runter. Und wenn ich das anmerken darf: Du trinkst zuviel!«

Darauf hatte er nichts mehr erwidert. Auf der Kreuzung tief unter ihm hatte sich ein weißer Lieferwagen mit mathematischer Präzision in einen hellblauen Honda gebohrt.

»Ich finde, Arnold hat sich unglaublich erholt. Und er trinkt immer noch keinen Tropfen.«

»Und nervt einen permanent damit, was er alles nicht mehr essen darf.«

Nein, das Gespräch war nicht gut gelaufen. Er sah auf seine Uhr, und im selben Moment kam die Durchsage, der Zug werde sich noch um einige Minuten verspäten. Im Grunde verstand er schon jetzt nicht mehr, weshalb er sich diesen Zug ausgesucht hatte. Er mußte in Duisburg in den Nachtzug nach Innsbruck umsteigen, und etwas am Wort Duisburg hatte ihn angezogen. Etwas Graues hatte er dabei vor sich gesehen, eine deutsche Stadt, die ganz entfernt noch nach Krieg roch, eine Form von Verelendung, die zu seiner derzeitigen Stimmung paßte.

3

Es hatte gestimmt. In Duisburg war es ebenso kalt wie in Amsterdam. Der drohende Krieg, den er bereits in der *Bildzeitung* eines Mitreisenden auf dem Bahnsteig gesehen hatte, knallte hier in roten und schwarzen Riesenlettern von allen Kiosken, er lief verloren herum und wußte, daß er dies insgeheim gewollt hatte. Warum wurde ihm bloß immer alles so spät klar? Anja hatte er auch noch angerufen, hatte aber keine Nachricht hinterlassen, als sich der Anrufbeantworter einschaltete. Der deutsche Zug war pünktlich abgefahren, er hatte sich in seinem schmalen Einpersonenbett vergraben und war von Zeit zu Zeit von metallischen Stimmen auf verlassenen Bahnsteigen sowie dem kläglichen Ruf des Zuges wach geworden, den er nicht als unangenehm empfunden hatte. Er liebte Zugreisen. Sein Bett schaukelte sanft, der unsichtbare Drummer unter ihm auf dem Gleis legte einen phantastischen Rhythmus hin, bevor er einschlief, fühlte er sich zum erstenmal an diesem Tag einigermaßen glücklich. Warum er sich dieses idiotische Abenteuer hatte aufschwatzen lassen, wußte er schon lange nicht mehr, aber Arnold Pessers war ziemlich überzeugend gewesen und hatte ihm stundenlang vorgelabert, wie leicht er sich gefühlt habe, als er von dort zurückgekommen sei. Wenn er sich's recht überlegte, nervte Arnold ihn seit dieser Zeit eigentlich ein bißchen. Sie waren ungefähr gleich alt, und jeder kannte die Geschichten des anderen. Arnold hatte mal eine große unglückliche Liebe in Japan gehabt, ein Model, dem er als Fotograf begegnet war. Hatte ein schlechtes Ende genommen, die Sache, war ja vorherzusehen gewesen. Problematische Liebesgeschichten, das war etwas für Fernsehdramen, aber im normalen Leben waren sie nur lästig. Die Freunde hatten alle Hände voll zu tun gehabt mit ihm, ein paar Jahre maßloser Trinkerei, bis der Fotograf sich an den eigenen Haaren wieder aus dem Sumpf gezogen hatte. Es war ein Rätsel, warum alle immer wieder die gleichen Fehler machten. Erik schauderte. Nicht mehr trinken, das erschien ihm so ungefähr als das Schlimmste, das es gab, er konnte sich an den Tag nicht erinnern, an dem er nicht zumindest ein paar Gläser getrunken hätte. Damit war man medizinisch gesehen schon Alkoholiker, aber er wurde nie betrunken, hatte auch eigentlich nie einen Kater, und bei den ärztlichen Kontrollen waren seine Werte immer in Ordnung. Ja, ja, hatte Arnold gesagt, aber früher oder später bekommt man die Rechnung präsentiert. Und hatte wieder von seinem neuen Leben angefangen, seiner phantastisch regenerierten Leber, seiner verschwundenen Fettschicht, seiner wiedergewonnenen Energie und von seinem Reglement, das aus einer Reihe Erik unverständlicher Klosterregeln bestand, nach denen das eine nicht zusammen mit dem anderen gegessen werden durfte, Salat abends verboten war, Obst nach dem Abendessen eine Todsünde (»Das fault dann im Magen«), Rauchen undenkbar, Hochprozentiges nur, wenn man Selbstmord begehen wollte, und Wein eher Medizin denn Genußmittel. Ein oder zwei Gläser, mein Gott, er würde vor Langeweile sterben. Aber Arnold hatte tatsächlich ordentlich abgenommen, das ließ sich nicht leugnen.

Um sieben Uhr wachte er auf. Jetzt wurde es also ernst, noch eine Stunde bis zur Ankunft. Dörfer, Berge, Nebel, Häuser, in denen bereits Licht brannte, Menschen sich hinter den Fenstern bewegten. In Innsbruck stellte er sein Gepäck in ein Schließfach. Arnold hatte ihm erzählt, wo er die blaue Kleinbahn nach Igls finden würde, aber er hatte keine Eile. Erst noch ein wenig herumlaufen. Und das Café Zentral suchen. Das hatte Arnold ihm geraten, ein schönes, altmodisches österreichisches Café, so ein Ort, den Thomas Bernhard gern aufgesucht hatte, um seine Zeitungen zu lesen. Erik Zondag liebte Thomas Bernhard, nicht nur, weil es in der niederländischen Literatur seit Hermans niemanden mehr gegeben hatte, der so großartig schimpfen konnte, sondern auch weil, wie bei Hermans, diese Wut eher einer bitteren, enttäuschten Liebe entsprang als irgend etwas anderem. Es war vor allem der Stil dieses Schimpfens, den er bewunderte, gebieterische, leidenschaftliche rhetorische Wut, gepaart mit dieser geheimen, meist unsichtbaren Zutat, dem Erbarmen, mit dem der Österreicher über seine Umgebung, sein Land und über sein eigenes, wie er es selbst nannte, »dem Tode geweihtes Leben« geschrieben hatte.

Im Café las er den *Standard*, eine Zeitung, die durch das Hellorange ihres Papiers den Eindruck machte, bereits vergilbt zu sein, bevor man sie berührt hatte, etwas, das ihn angesichts der Nachrichten aus aller Welt, Irak, Israel, Simbabwe, in eine anachronistische Verwirrung stürzte, die bestens zum Mobiliar und dem leisen Stimmengewirr im Café paßte, einem mitteleuropäischen Summen, bei dem Menschen wie Kafka, Schnitzler, Karl Kraus und Heimito von Doderer so wunderbar hatten nachdenken können. Vielleicht, dachte er, war Österreich absichtlich ein wenig zurückgeblieben, weil die Welt sich viel zu schnell bewegte. Er bestellte noch einen Kaffee.

König des Hinauszögerns, so nannte Anja ihn.

»Weißt du, was du machst? Du gehst erst in einem möglichst großen Kreis um deinen Schreibtisch herum, und danach brauchst du noch Stunden, um zu deinem Computer zu kommen. Es könnte ja noch etwas passieren, so daß du's nicht zu tun brauchst.«

»Aber in der Zwischenzeit denke ich.«

»Ja, ja. Wie du jemanden noch besser fertigmachen kannst.«

Das stimmte nicht, aber wie sollte man das erklären? Die meisten Neuerscheinungen waren einfach nicht gut genug. Es schien, als trete jeden Tag ein neuer Autor auf den Plan, und trotzdem, wenn man auf das zwanzigste Jahrhundert zurückblickte, wie viele wirkliche Schriftsteller waren geblieben? Es gab so unendlich viel Tinnef, der bereits Schimmel ansetzte, noch während die Bücher auf den Bestsellerlisten standen.

»Du bist zu streng«, hatte sie noch gesagt, kurz bevor er ging, und in ihrer Stimme hatte fast ein wenig Mitleid, womöglich gar Mutterliebe mitgeschwungen. »Versprich mir eins, wenn du dort hinfährst – schieb das alles mal für eine Weile beiseite. Wenn es deiner Meinung nach ohnehin nichts taugt, dann reg dich doch nicht so darüber auf. Denk an deinen Blutdruck. Du bist nicht mehr zwölf.«

Dieser Satz kehrte in letzter Zeit etwas zu oft wieder. Warum es im übrigen zwölf sein mußte und nicht vierundzwanzig oder zweiunddreißig, was er auch alles nicht mehr war, verstand er nicht, vielleicht, weil zwölf für sie unendlich weit weg war. Und er hatte einen zu hohen Blutdruck, das stimmte. Und Arthritis nebst einigen anderen hinterhältigen Beschwerden, die das Leben eines Endvierzigers unangenehm machen konnten – Ahnungen von größerem Unheil, das bereits auf der Lauer lag. Er hatte sich sogar dabei ertappt, wie er das Durchschnittsalter in den Todesanzeigen errechnete. Das ging gut, wenn gerade ein Altersheim von Salmonellen heimgesucht worden war, aber schlecht, wenn drei betrunkene oder zugekokste Teenager in maßloser Todessehnsucht direkt nach der Disco gegen eine blinde Mauer und in die Ewigkeit gefahren waren. Aber das mußte er alles von sich schieben. »Sonst kannst du das Geld genausogut in die Gracht schmeißen.« Und teuer war es. Zumal wenn man fast nichts zu essen bekam, wie Arnold behauptet hatte.

4

Die blaue Kleinbahn entpuppte sich als gewöhnliche Straßenbahn, die nur einmal in der Stunde ging. Nach wenigen Minuten hatten sie Innsbruck hinter sich gelassen und fuhren durch einen verschneiten Wald. »Weißer Ruß, gehackte Federn«, hatte Constantijn Huygens einst in einem Gedicht über den Schnee geschrieben, eine Verszeile, die Erik Zondag jetzt für sich wiederholte. Etwas Schöneres war nie über Schnee gesagt worden. Niederländer, die ständig die Größe von Shakespeare oder Racine im Munde führten, konnten meist keine einzige Zeile von Brederode, Hooft oder Huygens zitieren. Ein paar Zeilen von Cats und Vondel und eine von Gorter waren in der Sprache hängengeblieben, plus »O Land von Mist und Nebel«, aber damit hatte es sich auch schon, was die Kenntnis der eigenen Klassiker betraf.

Der Schnee glitzerte in seinen Augen, das Grau der Abreise fiel von ihm ab. Bäume, Häuser, Felder, alles begraben unter den gehackten Federn. Abgesehen von zwei weiteren Fahrgästen war er der einzige, der am kleinen Bahnhof Igls, der Endhaltestelle, ausstieg. Eine Kirche, volkstümliche Heiligendarstellungen an den großen Häusern, deren oberer Teil aus naturbelassenem Holz noch die ursprüngliche Zweckbestimmung eines Heubodens und Bauernhofs verriet. Ein Schild, auf das in gotischen Buchstaben »Alpenhof« gepinselt war, wies ihm den Weg, einen ziemlich steilen Hang hinauf. Es war glatt, er hatte Mühe, mit seinen Stadtschuhen nicht auszurutschen. Außer Atem langte er oben an und sah das Gebäude vor sich, einen strengen L-förmigen Natursteinbau in einem weitläufigen, nun ganz verschneiten Garten. Auf dem Parkplatz davor BMWs, Jaguare und Volvos mit Nummernschildern aus Liechtenstein, der Schweiz, Deutschland und Andorra. Davon hatte Arnold nichts erzählt. Er hatte von netten Leuten berichtet und daß dort alle im selben Boot säßen, woraus sich eine gewisse Kollegialität ergebe, die etwas ganz Besonderes habe. »Und außerdem, Erik, ein bißchen *connaissance du monde* ist nie verkehrt, nach zwanzig Jahren Höhenluft in der Kulturredaktion kann ein bißchen Sauerstoff nicht schaden.«

Hinter den Glastüren sah er Leute in weißen Bademänteln herumlaufen. Dies war seine letzte Chance, auf dem Absatz kehrtzumachen.

»Feigling.«

»Ja, Anja.«

Er ging hinein. An einer Art Rezeption saß eine Frau seines Alters, die ihrer Hautfarbe nach zu urteilen vor drei Minuten aus Teneriffa zurückgekehrt war, wo sie mehrere Stunden pro Tag in einem Backofen verbracht hatte. Frau Dr. Nicklaus. Er nannte seinen Namen, den sie sogleich übersetzte.

»Herr Sonntag! Herzlich willkommen!« Es klang, als habe sie schon seit Tagen auf ihn gewartet. Bevor er irgend etwas anderes tue, müsse sie ihm erst eine gewisse Renate vorstellen, die für den Speisesaal zuständig sei. Auch Renate hatte schon tagelang auf ihn gewartet. Er kam knapp an einem Kuß vorbei, wurde dann aber mit einer halben Umarmung, als würden sie gleich Walzer tanzen, von ihr zu einem Zweipersonentisch am Fenster geführt, den er von jetzt an mit einem Herrn Dr. Krüger aus Regensburg teilen werde. Dagegen habe er doch sicher nichts einzuwenden? »Ja, Herr Sonntag, und weil Sie aus Holland kommen, habe ich Ihnen extra einen Tisch auf dieser Seite gegeben, mit Blick auf die Berge, die gibt es bei Ihnen ja nicht. Ihr Aufenthalt beginnt offiziell erst morgen, aber Sie dürfen gerne heute abend schon hier speisen, falls Sie das wünschen. Sie können Ihr Galgenmahl aber natürlich auch im Dorf zu sich nehmen, bevor die Kur beginnt. Wie Sie möchten.«

Also ins Dorf. Er hatte seine Kleider aufgehängt, seine Bücher wie immer in dem Gefühl ausgepackt, jetzt endlich lesen zu können, wozu er selbst Lust hatte, danach hatte er ein paar Stunden geschlafen und war dann ins Dorf gegangen. In der Goldenen Gans hatte er allein schon wegen des Namens ein Stück Gans gegessen und dazu einen schweren österreichischen Wein getrunken. Als er zurückging, begann es zu schneien, dicke weiße Flocken wirbelten vor seinen Augen, er hatte Mühe, den Weg zu finden. Auf den Blauen Burgunder war noch ein Himbeergeist gefolgt, und dann noch einer, Galgenmahl war schließlich Galgenmahl. Im Bett versuchte er noch in dem Buch zu lesen, das er von Frau Dr. Nicklaus bekommen hatte, doch bei einer Lebensregel von Maimonides gab er auf. »Überreichliche Mahlzeiten wirken auf jeden Körper wie Gifte und sind Hauptursachen für alle Krankheiten . . .«, nein, das paßte jetzt nicht zur Gans und schon gar nicht zum Wein und zum Himbeergeist. Er begriff noch, daß er seine erste Todsünde begangen hatte, indem er vor dem Schlafengehen gegessen hatte, verirrte sich hoffnungslos in Statistiken über Kalium, Magnesium und Kalzium, beschloß, sich nicht zur Morgengymnastik im Wald wecken zu lassen, und überließ sich dem barmherzigen Dunkel ...

5

... in dem alles mögliche geschah, von dem wir mehr wissen als er. Kein Flachländer liegt ungestraft in der Nähe hoher Berge. Er hat sein Fenster einen Spaltbreit offengelassen, kalte Nachtluft strömt herein. Der Mann im Bett arbeitet sich durch eine Reihe von Träumen, an die er sich nicht erinnern wird, in der Stille, die er nicht hört, jagt eine Eule ihrer Beute nach, schreckt ein Hirsch in der schwarzen Syntax des Waldes auf, in dem Erik Zondag morgen umherwandern wird, ohne die Spuren zu erkennen. Wenn er erwacht, wird er die Bergkette sehen, von den ersten Sonnenstrahlen beschienen, eine Kulisse glänzend geputzter scharfer Zähne, darauf hier und da ein Tupfer Blut.

Im Speisesaal saß Herr Dr. Krüger bereits am Tisch, wie er im weißen Bademantel. Auf seinem Teller lag ein einziges Brötchen, daneben stand ein kleines Kännchen mit einer dunkelgelben Flüssigkeit. Erik warf einen hilflosen Blick darauf und danach auf Herrn Dr. Krüger, der sich sofort vorstellte, zwei Herren im Bademantel, die sich die Hand schütteln. Krüger war groß und sah aus, als habe er an der Frühgymnastik im Schnee teilgenommen (was auch zutraf) und als dusche er, wie Ernst Jünger, jeden Morgen kalt, in der Absicht, wie sein Vorbild hundert Jahre alt zu werden, sagte, ach Holland, erzählte, daß sein Auto einmal in Amsterdam ausgeraubt worden sei, daß er Gynäkologe sei, jedes Jahr für zwei

Wochen in den Alpenhof komme und sich danach wie neugeboren fühle und daß Erik das trockene (anscheinend ziemlich alte) Brötchen vor sich in dünne Scheiben schneiden müsse, was einigermaßen schwierig war, weil das Brötchen zu zerbröseln begann. Die gelbe Flüssigkeit sei Leinöl, das müsse er auf jede Scheibe des Brötchens träufeln, denn das sei cholesterinsenkend. Kaffee und Tee, richtigen Tee, gebe es nicht, nur Melissen- oder Rosmarin- oder weiß der Himmel welch anderen heilkräftigen Zauberhexentee, den man im übrigen erst zwanzig Minuten nach dem Frühstück trinken dürfe. Und, geben Sie acht! jeden Bissen zwanzigmal kauen. Erik sah sich um. Die Frau am Nachbartisch hielt sich, als habe sie schon seit ihrer Geburt Ballettunterricht. Sie blickte starr vor sich und sah aus, als würde sie gleich laut zu zählen beginnen.

»Guten Morgen, Herr Sonntag! Haben Sie gut geschlafen? Und was möchten Sie zu Ihrem Brötchen?« Er verzählte sich sofort.

»Sie haben die Wahl zwischen Schafsjoghurt oder einem Klecks Ziegenquark mit Schnittlauch«, sagte Herr Krüger. Kurz darauf kam ein Tellerchen mit Schafsjoghurt. Krüger erklärte ihm, er sei nun der »milden Ableitungsdiät« unterworfen.

»Wir essen alle zuviel! Sehen Sie sich doch um! Schauen Sie sich die Bauchformen an, die verraten alles.« Während er das sagte, blickte er über den Tischrand auf Eriks Bauchform. Die war offenbar noch erträglich, »aber trotzdem! Man stellt sich doch immer frontal vor den Spiegel, damit man seine Bauchform nicht sieht, aber sobald man sich nur ein wenig dreht und mal von der Seite betrachtet, dann erblickt man Hängebäuche, Spitzbäuche, Bäuche, die schon bei den untersten Rippen anfangen, monströse Dinger, achten Sie nachher in der Sauna oder im Schwimmbad mal drauf. Darum ist diese Diät so gut. Keine Rohkost! Keine Hülsenfrüchte! Kein Kohl, keine Zwiebeln, kein Knoblauch! Kein Schweinefett, also auch keine Würste, kein raffiniertes Öl, nur leichtverdauliche Getreidesorten und Milchprodukte, das Ganze ist gnadenlos auf Verdaulichkeit ausgerichtet, denn damit steht und fällt alles. Sie dürfen den Menschen nicht als Tier betrachten, sondern als Pflanze! Eine Pflanze mit Wurzelsystem! So wie die fein verästelten Wurzeln der Pflanze Nährstoffe aus der Erde aufnehmen, saugen auch die Darmzotten Stoffe aus dem vom Verdauungsapparat aufbereiteten Brei und geben sie an das Blut in den Zellen des Organismus weiter! Und jetzt muß ich zu meiner Kneippkur.« Er verbeugte sich leicht und verschwand. Erik blieb erschlagen zurück. Er hatte noch nie über seine Därme nachgedacht und vom Funktionieren seines Körpers sowenig Ahnung wie von dem seines Volvos oder seines Computers. Blut *hatte* man, und mit etwas Glück blieb es *im* Körper, das Herz sorgte dafür, daß es im Kreis herumgepumpt wurde, was es in seinem Fall schon fast fünfzig Jahre lang tat, doch *wie*, das war ihm nicht ganz klar. Du stammst noch aus der Zeit vor Vesalius, vom Körperinneren keine Ahnung, hatte sein Hausarzt einmal zu ihm gesagt. Das war, als er ihm zum erstenmal Tabletten gegen Bluthochdruck und einen zu hohen Cholesterinspiegel verschrieben hatte.

»Aber ich spüre überhaupt nichts.«

»Ja, und trotzdem hast du's. Darum nennen wir das *silent killer.* Diese Kombination ist gefährlich. Jetzt tu schon, was ich sage.«

Renate erschien an seinem Tisch.

»Sie wissen doch, daß Sie unten erwartet werden? Sie müssen als erstes zu Sibille zum Blutdruckmessen und zur Blutentnahme, und danach bekommen Sie ein Heubad.« Er ging die Schiefertreppe hinunter in einen kleinen Raum, in dem mehrere Gäste darauf warteten, aufgerufen zu werden. Gegenüber lag ein anderer Raum, weiß wie der Schnee draußen, in dem ein paar junge Frauen, ebenfalls in Weiß, an glänzend weißen Schreibtischen saßen. Um sich herum hörte er Deutsch und Russisch und diese eigenartigen Varianten des Deutschen, die sich seinem Gefühl nach durch die Höhe der Berge und die Tiefe verborgener Täler gebildet hatten, Schweizerdeutsch, Österreichisch, Sprache, die zu luftgetrocknetem Fleisch und merkwürdigen Käsesorten gehörte. Er fand es nicht unangenehm.

»Herr Sonntag?« Wieder so eine weiße Gestalt. Sibille. Sie hatte ein fliehendes Auge und bewegte sich, als wäre sie gewichtslos. Er war sich sicher, daß sie ihm die Hand gab, aber er spürte nichts. Von der Blutentnahme im übrigen auch nicht. Sibille war eine Meisterin der Nadel. Er sah, wie die rote Flüssigkeit in das leere Röhrchen lief, und versuchte etwas zu denken, aber das gelang ihm nicht. »Du wirst sehen«, hatte Arnold gesagt, »nach zwei Tagen ergibst du dich restlos. Du wirst wie Wachs in ihren Händen.« Es stimmte. Das fliehäugige Wesen schwebte vor ihm her, als wären sie in der Sojus unterwegs, schob einen Vorhang zur Seite, bat ihn, sich ganz zu entkleiden, hielt ein großes Stück durchsichtiger Plastikfolie hoch, breitete es auf eine Liege und sagte, er solle sich drauflegen. Er versuchte, das gute Auge zu finden, um zu sehen, was jetzt komme, doch sie hatte bereits auf einen Knopf gedrückt, und im nächsten Augenblick fand er sich in einer Gebärmutter wieder, deren stark nach Heu duftendes Fruchtwasser ihn für kurze Zeit wild umschwappte und dann zur Ruhe kam. Sibille-der-Schmetterling sagte in ihrem Bergdialekt noch, wann sie zurückkäme, doch er spürte, wie er in tiefem Wohlbehagen versank, und beschloß, bis auf weiteres nicht geboren werden zu wollen.

»Da möchte man drinbleiben, gell?« sagte Sibille-die-Hebamme, als sie ihn aus seinem Traum von Bauernhöfen, Kälbern, Heuhaufen weckte. Sie gab ihm ein Handtuch und ging ihm in einen größeren Raum voran, in dem eine ältere Dame durch einen kleinen Teich voller Kieselsteine stakste und dabei die Knie so weit wie möglich hochzog. Wie ein Reiher solle er schreiten, so wie diese Dame, sagte Sibille. Erst die Füße in den Holzzuber mit heißem Wasser, dann schreiten. Das sei gut für den Kreislauf. Er war kaum geboren, da fing das Elend schon an. Das Wasser war für den Alpenhof eigens aus Spitzbergen eingeflogen worden, und die Steine fühlten sich scheußlich an den Füßen an. Den Saum seines Bademantels umklammernd, versuchte er, storchenartig zu schreiten, und stellte sich vor, wie die Kollegen aus der Redaktion reagieren würden, wenn sie ihn so sähen. An der Wand las er einen geheimnisvollen Spruch des Inhalts, daß man sei wer man sei wo man sei wer man sei, und gleichzeitig lauschte er einem Gespräch über den Spätsommer als fünfte Jahreszeit der chinesischen Heilkunst, die Zeit der Erde. »Im Feuerelement«, dozierte die Stimme, während er seine Füße wieder in das warme Wasser steckte, »hatte der Mensch seine persönliche Ich-Reife erlangt, doch im Spätsommer kam das Erdelement zum Zuge, aus dem sicheren Ich zum gefährlichen Du. Dafür brauchte man Mut, den Mut, Bindungen einzugehen, auf die Erde zuzuwachsen. Bindung, Bindegewebe, die Struktur in unserem Körper, die alles mit allem verbindet ...« Er verlor den Faden, hörte noch vage etwas von Milz und Bauchspeicheldrüse, fragte sich, ob er die wohl auch habe, drehte noch eine Runde im eiskalten Wasser und flüchtete dann in sein Zimmer, das den Namen Heiderose trug. Unterwegs kam er an Taubnessel, Bärenklau, Akelei vorbei, und dann an einem Saal, in dem Sklaven sich an Foltergeräten abmühten. Eine junge Frau absolvierte einen Sisyphuslauf auf einem ewig rollenden Gummiband, der Russe aus dem Wartezimmer versuchte im Sitzen, gewaltige Gewichte an Flaschenzügen hochzuziehen, ein anderes Opfer, das um die Hüften festgebunden war, mühte sich mit hochrotem Kopf, sich gegen die Schwerkraft aufzurichten, alles, dachte er, Arbeit ohne Produkt. Nie zuvor, dachte er später, hatte er soviel Körper gehabt, den ganzen Tag wurde er an das Ding erinnert. Er wurde eingeölt, massiert, mit Salz eingerieben, in eine Badewanne voll Heu und Schlamm gesteckt, und jeden Tag bekam er morgens dieses eine Brötchen, mittags eine Minimalkomposition, an der sich ein Malerbildhauer nach bestem Vermögen versucht hatte, die aber wahrscheinlich bereits verbrannt war, wenn er den ersten Kilometer den Berg hinauf zurückgelegt hatte. Abends durfte er wählen zwischen besagtem Brötchen und einer Kartoffel, einer großen, einsamen Knolle von länglichem Format, so daß sie doch noch nach etwas aussah, wie sie in der Mitte des Tellers in Erwartung eines köstlichen, kapitalen Schweinekoteletts vor sich hin träumte, das nie kommen würde. Die dicken Tropfen kaltgepreßten Leinöls, die er statt dessen auf die einsame Kartoffel träufeln mußte, erinnerten ihn an den Lebertran, den er früher als Kind hatte schlucken müssen. Begleitet wurde das Ganze gelegentlich von zwei großen Teelöffeln Lachsmousse oder zerdrückter Avocado, Gesellschaft für eine lange Nacht, in der nichts mehr passieren würde, abgesehen von der Einnahme eines weißen, in Wasser aufzulösenden Pulvers, wie auch jeder Tag mit einem bitteren Hexentrunk begann, der einige Stunden später einen inneren Kataklysmus zur Folge hatte, vergleichbar mit Vulkanausbrüchen und Erdrutschen, bei denen ganze Dörfer ausgelöscht werden und zahllose Menschen ums Leben kommen.

Was er von alledem hielt, wußte er schon lange nicht mehr. Hätte ihm jemand erzählt, er müsse den Rest seines Lebens mit Herrn Dr. Krüger verbringen, er wäre nicht überrascht gewesen. Die niederländische Literatur, die Zeitung, sogar Anja, der bevorstehende Krieg, alles war in die tiefsten Schichten seines Bewußtseins gesackt, er schlief wie ein Murmeltier, stellte zu seiner Verblüffung fest, daß er keinerlei Bedürfnis nach Alkohol hatte und kein Verlangen nach Sex, freute sich jeden Tag auf die Gemüsebouillon, für die man sich um Viertel vor elf in die Schlange einreihte, und auf Sibilles Massage. Nachdem er sich einmal zu der Bemerkung erkühnt hatte, er sei noch nie einer Frau begegnet, die solche starken Finger habe und dabei (das allerdings hatte er nicht zu sagen gewagt) aussehe wie eine Elfe, deren Gewicht keine irdische Waage zu registrieren vermöge, hatte sie geantwortet, das komme daher, weil sie Bergsteigerin sei, woraufhin er Visionen von ebendiesen zehn Fingern bekam, wie sie sich über einem gähnenden Abgrund an eine scharfkantige Felswand klammerten.

6

Wir lassen ihn nun allein in seinem Universum glücklicher Verdauung und neuer Ernährungsgesetze, allein mit seinem Kräutertee und den Klosterstunden. Nie wieder wird er abends Rohkost zu sich nehmen, ohne sich schuldig zu fühlen, innerlich ist er ein Meer von Kräutertee geworden, er kann sich seine Tage nicht mehr ohne Herrn Dr. Krüger vorstellen, der ihn in die Geheimnisse der chinesischen Heilkunst einführt, ohne die beiden bezaubernden Lesbierinnen am Nachbartisch und den Liechtensteiner Wurstfabrikanten im olympischen Schwimmbecken, ohne Aquafitness und Qi Gong. Die Liste dessen, was er nie wieder tun, essen und trinken darf, wird mit jedem Tag länger, manchmal hat er das Gefühl, nur daran zu arbeiten, einen neuen Körper aus seinem alten zu ziehen und den alten wie schmutzige Wäsche im Alpenhof zurückzulassen oder in den Seziersaal irgendeiner Universität zu schicken. Was er mit dem neuen tun wird, weiß er noch nicht genau, aber er wird keinen Kaffee mehr trinken und keinen Genever, dieser neue Körper ist ein heiliger mit einem durchsichtigen Darmsystem und dem Herz und der Leber einer zwanzigjährigen tibetischen Nonne.

Nachmittags wandert er in den Bergen, jeden Tag ein Stück weiter zwischen den hohen, verschneiten Tannen, er geht nach Patsch und nach Heiligwasser, ruft jedem entgegenkommenden Wanderer ein »Grüß Gott« zu. Vielleicht, denkt er, macht genau das den Tod aus:

völlige Abwesenheit des früheren Lebens, verbunden mit dem ekstatischen Gefühl, endlich befreit zu sein. Entlang dem Waldweg, den er jeden Nachmittag geht, haben schlichte Gemüter Christi Leidensweg gemalt, alle paar hundert Meter ein Häuschen auf einem Holzpfahl, in dem die Stationen des Kreuzwegs bis zur apotheotischen Auferstehung abgebildet sind, erst am fünften Tag hat er genügend Atem, bis dort hinaufzusteigen. Das weiße Sonnenlicht wird von den Bäumen gesiebt, all diese geraden, durchsichtigen Strahlen scheinen auf ihn gerichtet zu sein, alles, was jetzt noch fehlt, ist ein goldener Rahmen für das Bild.

7

So kann das nicht bleiben, es wird Zeit, ihn wieder auf die Erde zurückzuholen.

Als er in den Alpenhof zurückkommt, liegt ein Zettel in seinem Fach, daß Sibille einen kleinen (»nicht ernsthaften«) Unfall in der Kletterschule erlitten habe und er morgen von jemand anderem massiert werde. Den Brief in Anjas ungestümer Schrift läßt er ungeöffnet. Von seinem Zimmer aus sieht er, wie die Lichter im Dorf eines nach dem anderen angehen, er hört das Angelusläuten und denkt, daß er nicht in seine jüngste Vergangenheit zurückwill, weiß aber nicht, daß unter dieser Vergangenheit eine andere schlummert, die drei Jahre lang in Gestalt eines Engels auf der Lauer gelegen hat und sich jetzt anschickt, ihn noch weiter zurück in eine Zeit zu ziehen, in der er nie mehr hatte sein wollen.

Wir gönnen ihm diese Nacht, in der er traumlos schläft (glaubt er). Gegen Morgen erhebt sich ein Sturm, der den Schnee umherwirbelt. Er steht später auf als sonst, trinkt sein »Bitterwasser«, ißt sein »Semmelbrötchen« am plötzlich leeren Tisch, sieht, wie Herr Dr. Krüger sich draußen in einem Film über Amundsen durch den Schneesturm kämpft, dann geht er nach unten, wo Sibille ihn hätte holen sollen, und setzt sich auf einen Stuhl. Was nun passiert, läßt sich grammatikalisch nicht so leicht sagen. Sie verschlagen einander den Atem, das käme dem wohl am nächsten, aber weil wir ihn bereits kennen und sie hier nicht erwarten, bringt uns das nicht weiter. Die beiden kennen einander, soviel ist klar. Was niemand sehen kann, sind die Flügel, die er ihr zeichnet, die Flügel des Engels, den er nie hat vergessen können. Bevor er etwas sagen kann, hat sie den Zeigefinger ihrer linken Hand auf ihre Lippen gelegt und ihn mit der Rechten fast vom Stuhl hochgezogen. Seinen Namen, Herr Zondag, hat sie akzentlos ausgesprochen und gefragt, ob er ihr, bitte, in den Massageraum folgen wolle, gleichzeitig in die Zukunft und in die Vergangenheit, eine gegenläufige Bewegung, die sein Körper als Krampf erfährt. Das letzte, was wir von ihm sehen, ist, wie er in einer merkwürdig verdrehten Haltung vor der Landkarte der Fußreflexzonen und Akupunkturpunkte steht, ein Mann, der dazu ansetzt, einen viel zu großen Stein anzuheben.

8

Engel, die gibt es nicht, aber eine Rangordnung haben sie trotzdem, wie beim Militär. Auf Fresken fliegen sie hin und her, überbringen frohe Botschaften bei Raffael und Giotto, stehen als versteinerte Wächter an den Gräbern reicher Leute in Genua und Buenos Aires und geleiten die Verdammten mit flammendem Schwert zum Ausgang des Paradieses. Sie haben Namen, Körper und Flügel, sie sind geschlechtslos und trotzdem keine Frauen, sie sind unsterblich, und daher hat niemand je ein Skelett von ihnen gefunden, so daß auch noch niemand hat untersuchen können, wie die übermannsgroßen Flügel am Rest ihres Knochengerüsts befestigt sind, kurzum, sie gehören zu der uns bekannten Welt, ohne daß sie existierten, und trotzdem hatte die kleine, schlanke Frau, die jetzt in einem österreichischen Massageraum vor ihm steht, beim letzten Mal zwei große graue, silbrig glänzende Flügel. Ihr Gesicht hatte er bei ihrer ersten Begegnung nicht gesehen, da sie damals mit angewinkelten Knien halb in einem Schrank gelegen hatte, Kopf Richtung Wand, und jetzt würde er es wieder nicht sehen, da sie, im Ton aller Masseusen rund um die Welt, sagte, er solle sich auf den Bauch legen. Er gehorchte. Er spürte, wie heftig sein Herz klopfte, und spürte, wie ihre Hände zitterten, Hände, die seinen Körper vor drei Jahren zum letztenmal berührt hatten. Das war in Perth gewesen, im Südwesten Australiens, etliche tausend Kilometer von Sydney entfernt, auf der anderen Seite des Kontinents. Sie sagte nichts, auch diesmal nicht. Die Zeit zwischen damals und jetzt wurde mit ungeheurer Kraft weggesogen, der Schwindel, den das verursachte, bewirkte, daß er sich mit beiden Händen an der Massageliege festklammerte.

»Nicht so verkrampft.« Die bekannte, leicht rauhe, noch immer verhexende Stimme mit diesem Akzent, den er beim erstenmal nicht hatte einordnen können, sprach leise. Er wollte etwas erwidern, doch durch seine Position und das Tuch, das locker über der Öffnung in der Liege lag, klang es eher wie eine Art Schluchzer. Sie legte ihm kurz die Hand auf den Kopf, was es aber nur noch schlimmer machte. Der ganze Kummer, den er augenscheinlich so gut weggeschlossen hatte, daß er sich eingebildet hatte, er existiere nicht mehr, kehrte mit einer Kraft und einer Wut zurück, als würde mit einem rohen, bösartigen Ruck der Verband von einer Wunde gerissen. Er wollte sich aufrichten, um sie anzusehen, doch sie drückte seinen Kopf jetzt schon fast mit einem Haltegriff auf die Liege. »Später«, sagte sie, »später«, und als wäre dies ein Zauberwort, spürte er, wie sein Körper erschlaffte, wie die verlorene Zeit zu ihm zurückströmte, wie der Wahnsinn ihrer Geschichte, die trotz dieses Wahnsinns gleichzeitig so begreiflich gewesen war, ihn erneut einzuhüllen begann. Er wollte hundert Dinge zugleich fragen, wußte jedoch, das war jetzt nicht möglich. Er war der einzige Mann, der je von einem Engel umarmt worden war, spürte wieder, wie die Flügel, die sie nicht mehr trug, sich um ihn geschlossen hatten, und während sie ihn massierte, oder nein, gerade dadurch, gab er sich seiner Erinnerung so intensiv hin, daß es schien, er stehle sich in die Vergangenheit zurück, um sich in ihr zu verstecken. Vielleicht schlief er sogar ein.

9

Sommer war es gewesen, als er in Perth ankam. So lange hatte er noch nie in einem Flugzeug gesessen. Zuerst die achtzehn Stunden nach Sydney, danach noch einmal quer über diesen Kontinent, auf dem kaum mehr Menschen lebten als in den Niederlanden, obwohl er so groß war wie Amerika. Leer war das Land gewesen, sandfarben, versteinert, eine von der Sonne versengte Einöde, in der die Aborigines bereits seit unendlichen Zeiten ihr geheimnisvolles Dasein führten. An der Peripherie lebten die anderen: Weinbauern und Schafzüchter. Eine Einladung zu einem Literaturfestival hatte ihn nach Perth geführt. Zur Abwechslung nicht nur Dichter und Schriftsteller, sondern auch Übersetzer, Verleger und Kritiker, diese ganze parasitäre oder sekundäre Geröllschicht, die in mal fruchtbarer, mal ekelhafter Abhängigkeit den einsamen Kern des Buchs oder Gedichts umschwirrt. Die meisten Schriftsteller konnte er als Personen für gewöhnlich nicht ausstehen, schon gar nicht, wenn er ihre Werke bewunderte. Das beste war, ihnen nie zu begegnen, sie hatten aus Papier zu sein und sich zwischen Buchdeckeln zu befinden, Körpergerüche, falsche Frisuren, merkwürdiges Schuhwerk, nicht zu ihnen passende Frauen, Tratschsucht, Eifersucht oder nuttiges Gehabe, Koketterie, Angeberei, das lenkte nur ab. Die Veranstaltungen fanden in großen Zelten statt, es war Sommer im März, und die Temperatur erreichte an die vierzig Grad. Er nahm an einer Forumsdiskussion mit einem tasmanischen Dichter, dem Chef der Kulturredaktion der *Neuen Zürcher Zeitung*, einem Romanschriftsteller aus Queensland und einem Verleger aus Sydney teil. Ihre Worte plätscherten über die Köpfe eines überwiegend mittelalterlichen weiblichen Publikums hinweg, und er merkte, daß viele seiner Bezugspunkte hier plötzlich nicht mehr galten. Der Mentalitätsunterschied zwischen den beiden großen niederländischen Zeitungen begann sich bereits bei Dünkirchen und Düsseldorf in Luft aufzulösen, und auch sonst bekam fast alles, worüber die Eingeweihten im fernen Vaterland mit soviel Leidenschaft ständig debattierten, den Anstrich eines niemandem mehr begreiflich zu machenden swasiländischen Stammesstreits oder eines mittelalterlichen theologischen Disputs. Hinterher durften der Romancier und der Dichter an einem Tisch vor dem Zelt ihre Bücher signieren, doch da Verleger und Kritiker im allgemeinen wenig zu signieren haben, ließ er sich zusammen mit dem Kulturchef und einem dänischen Autor, der im Publikum gesessen hatte, irgendwo mit einer Flasche Wein und vier Gläsern im Gras nieder. Schon bald hatte Erik Zondag das Gefühl, nicht zu diesem Gespräch zu gehören. Der Kulturchef und der Verleger unterhielten sich über Auflagen, Bestsellerlisten, Anzeigen und den Zusammenhang zwischen ihnen, und aus einem der Zelte hörte er die langen, erregten Satzmelodien eines indonesischen Lyrikers, der Abend sank mit intensiver Trägheit zwischen den weitausladenden tropischen Bäumen herab, und er fragte sich, ob er überhaupt noch nach Hause wolle. Seine Ehe war gescheitert, danach war er eine Zeitlang allein gewesen, eine Zeit flüchtiger Liebschaften, Kneipenfreundschaften und zu Recht zerrissener Gedichtversuche. Dann hatte er Anja kennengelernt, zu früh eigentlich, dachte er jetzt. Im literarischen Dorf war er aufgefallen, weil er einigen großen Namen schmerzhafte Schußwunden beigebracht hatte, die Zeitung, für die er noch immer arbeitete, hatte ihn gebeten, fester Mitarbeiter zu werden, das sei genau, was sie bräuchten, »Leben in der Bude, Straßenlärm«. Der Teich sei mittlerweile zu voll von Enten und Schwänen, ab und zu müßten unbedingt ein paar abgeschossen werden. Literatur war ein Beruf geworden, jeder x-beliebige, der mit wachsendem Widerwillen Niederländisch studiert hatte, fühlte sich bemüßigt, einen Roman zu schreiben, die meisterlichen Debüts folgten einander in immer schnellerem Tempo, und er war ein Mitglied der Reinemachmannschaft, unangenehme, aber nützliche Arbeit. Die Bücher, an denen er sich wirklich begeistern konnte, waren göttliche Ausnahmen, oft hatte er das Gefühl, dieses allwöchentliche Mittelmaß setze sich unter seinen Nägeln und in seinem Haar ab. Zudem hatte ihn die Arbeit bitter enttäuscht. Die Bücher, die er wirklich besprechen wollte, gingen meist an jemanden von furchterregend katholischem Äußeren, der einen pappkartonartigen Stil hatte und besser Lehrer an einer weiterführenden Schule in Baarn geworden wäre. Der Mann hatte eine Vorliebe für Autoren wie Jünger und Bataille, doch Erik war bei ihm noch nie einem originellen Wort über einen dieser Schriftsteller und Denker begegnet, alles roch immer nach etwas, was er woanders schon mal gelesen hatte, doch allein schon der großen Namen wegen, über die er schrieb, hatte die Chefredaktion ihn Anjas Zeitung abgeworben, denn auch wenn niemand diese ellenlangen, knochentrockenen Aufsätze las – eine Zeitung, die auf sich hielt, mußte sich doch einen Hausphilosophen halten. Das Schlimme war, daß er auf geheimnisvolle Weise immer völlig danebenlag und eine geistige Farbenblindheit sowie eine Instinkt- und Intuitionslosigkeit an den Tag legte, die niemandem aufzufallen schienen. Als der erste und zugleich beste der sogenannten »Großen Drei« seine Reise zu den nachgelassenen Werken angetreten hatte, hatte er blitzschnell ein neues Triumvirat ausgerufen, denn ohne Führer kann ein Katholik nicht leben. Dem Gespräch neben ihm nach zu urteilen, war es in Australien auch nicht anders, wenngleich die Schriftsteller hier in gesegneter Entfernung voneinander lebten, was in puncto Eifersucht, Inzucht und Tratsch etwas ausmachte. Das beste wäre, dachte er, in einem verlassenen Haus an einer nördlichen Felsküste zu wohnen, wohin ein geflügelter Bote einem einmal die Woche ein Buch brächte, an dem man sich die Zähne ausbeißen könnte. Dort würde man auf keinen Artikel stoßen, in dem jemand mit einem verknautschten französischen Namen eine Lyrikerin lächerlich machte, weil sie es gewagt hatte, in einem Gedicht das schwierige Wort Rhetorik zu verwenden. »Base born products of base beds«, hatte Yeats die neuen Bewohner des Neandertals genannt, doch Anja hatte ihm verboten, sich darüber aufzuregen.

»Was du nicht begreifst, ist, daß eine neue Autorengeneration angetreten ist«, hatte sie gesagt. »Die setzen auf Tempo und halten nichts von den Staubnestern, mit denen du dich beschäftigst. Es geht jetzt um Geschichten, um Wahnsinn, um Humor, nicht um alle möglichen hochfliegenden Spekulationen, philosophisches Geschwafel und intellektuelles Gehabe.«

Aber es war zu spät, um Norwegisch zu lernen oder nach Australien auszuwandern. Er würde bis zum Ende seiner Tage in dieser Redaktion bleiben müssen, sofern er nicht vorher schon rausflog, weil er nicht mehr zum Zeitgeist paßte oder weil die ganze Zeitung verkauft wurde, auch das war möglich.

In diesem Augenblick drang in seine Sinniererei hinein das mit deutschem Akzent ausgesprochene Wort Engel an sein Ohr: »zitty full of sies eentschels, sey are effriwär!«

»Yes, I have seen them«, sagte der Verleger. »It was a fabulous idea. I did the tour yesterday!«

Jetzt erinnerte Erik sich, daß er etwas darüber gelesen und es sofort als Blödsinn abgetan hatte. Angesichts der Begeisterung des Verlegers hatte er sich anscheinend geirrt. Parallel zum Literaturfestival lief noch ein anderes Festival, Theater und Ballett, und zu dem gehörten die Engel. Im *Australian* hatte er das Foto eines riesengroßen Engels mit Schwert auf dem Dach eines Kaufhauses oder Parkhauses gesehen und sich gefragt, ob er wohl echt war oder eine Statue wie die daheim, am Beginn des Singels, auf dem Dach des nahe gelegenen Versicherungsbüros.

»Nein«, sagte der Dichter, »der war echt. Ich habe ihn auch gesehen, denn er hat sich bewegt, aber es hat erstaunlich viel Mühe gekostet, ihn zu entdecken. Meiner Meinung nach war es übrigens eine Frau, ich hatte nämlich ein Fernglas dabei. Hier, das kannst du haben, ich hab die Tour schon gemacht. Du mußt dir aber ein paar Stunden Zeit dafür nehmen.« Er suchte in der Tasche zwischen dem durcheinandergeratenen Haufen Gedichte, aus denen er gerade gelesen hatte, und drückte ihm einen länglichen Prospekt in die Hand, dessen schmale Plastikblätter an einem eisernen Ring befestigt waren, so daß man sie kreisförmig auffächern konnte. Zusammengenommen ergaben sie eine Art labyrinthischer Suchjagd durch Perth, versehen mit Fotos von Gebäuden und Richtungsangaben. Vorne drauf stand ein Zitat von Rilke. »Engel (sagt man) wüßten oft nicht, ob sie unter Lebenden gehn oder Toten.« Das nächste Zitat stammte aus *Paradise Lost* und begann mit:

In either hand the hast'ning Angel caught
Our ling'ring Parents ...

Adam und Eva, nie hatte er an sie als Eltern gedacht, schon allein, weil sie bis auf ein Feigenblatt meist nackt abgebildet waren. Und Engel? Er überlegte, wann er zum letztenmal über Engel nachgedacht hatte, oder hatte er nie über sie nachgedacht, weil er sie schon von frühester Kindheit an gesehen hatte? Überall waren sie damals, in Gebetbüchern, auf Bleiglasfenstern, wenn man katholisch erzogen wurde, konnte man ihnen nicht entrinnen. Sogar Luzifer war ein Engel, ein gefallener, und man selbst hatte, wenn alles war, wie es sein sollte, einen Schutzengel, der einen vor allem möglichen Unheil behüten sollte. Engel, so lernte man auch noch, gab es in verschiedenen Gattungen: Seraphim und Cherubim, Throne und Mächte, auf geheimnisvolle Weise alterten sie nie (ein fünfzigjähriger Engel wäre etwas Undenkbares), hatten eher Locken als Haare, keine Schuhe, Brillen natürlich schon gar nicht. Es gibt immer einen Moment, da etwas anscheinend ganz Alltägliches plötzlich rätselhaft wird. Und während er sich fragte, wie ein Engel in vollem Flug wohl aussehe und wieviel Luft er mit diesen Flügeln verdränge, Rätsel, die mit Heiligkeit wie auch mit Aerodynamik zu tun haben, beschloß er, sich im Festivalbüro für diese Suche anzumelden, denn um eine solche, wurde ihm jetzt klar, ging es. Überall in der Stadt waren Engel verborgen, und es kam darauf an, möglichst viele von ihnen zu finden. Bedingung war, daß man allein ging, eine Zeit vereinbarte und sich von jemandem, den man sonst aber nichts fragen durfte, zum Ausgangspunkt bringen ließ.

10

Perth liegt im Südwesten Australiens, die nächstgelegene Stadt ist Adelaide, das mehrere Tausend Kilometer weiter östlich liegt, wenn man nicht fliegen will, muß man am Meer entlang oder durch eine sengende Wüste. Melbourne, Brisbane und Sydney sind einen ganzen Kontinent entfernt, und das rückt Perth in so etwas wie eine – ganz wörtlich – Außenseiterposition, es ist die Hauptstadt Westaustraliens, gehört aber auch ein Stück weit *nicht* dazu; es liegt behaglich am Swan River, der, kurz bevor er ins Meer mündet, noch einen wollüstigen Schlenker macht, es hat mit Hilfe etlicher Wolkenkratzer den halbherzigen Versuch unternommen, wie eine richtige Großstadt auszusehen, es ist ein wenig englisch und ein wenig tropisch, hat in weitläufigen Parks und den Vororten mit ihren flachen Häusern inmitten blumenreicher Gärten viel Grün, alles sehr angenehm in einer Hitze, die das Tempo dämpft. Kurzum, dachte Erik Zondag, nicht eben ein Ort, an dem man zu Beginn des neuen Jahrtausends Engel erwarten würde, aber auch kein Grund, sich nicht auf die Suche nach ihnen zu begeben, vielleicht steckte ja noch eine nette Geschichte für die Zeitung drin. Ihm war gesagt worden, er solle sich um 14.40 Uhr in der zehnten Etage von Wilson's Parkhaus in der Hay Street einfinden. Parkhäuser waren nicht seine liebste Architekturform, es ging auf April zu, war aber immer noch Hochsommer, glutheiß, er stand auf dem Dach, Perth auf allen Seiten unter ihm, der Swan River verschwand sonnenüberglänzt in der Unendlichkeit des Indischen Ozeans. Von dort hatten niederländische Kaufleute den ersten fremden Blick auf diesen Kontinent geworfen und waren schon bald enttäuscht abgezogen, weil hier nichts zu holen war. Kein Gold, kein Muskat, und sonst nur kuriose Tiere, die hüpften anstatt zu laufen, und auch nicht die Art von Einwohnern, von denen sie geträumt hatten.

In der zehnten Etage stand ein junger Mann, der offenbar auf ihn gewartet hatte.

»Mr. Sundag?«

»Yes?«

»This is your booklet with the route to follow. This man here will bring you by car to your starting point, Barrack's Arch. You will need three hours for the whole thing, and in the end you'll come back here.« Schweigend saß er neben diesem neuen Fremden, der ihn an einem Backsteingebäude ablieferte, wo ihm ein ebenso schweigsamer Mann eine Tür aufhielt und ihn dann allein ließ. Ein staubiges Treppenhaus, etwas Müll auf einem Absatz, hereingewehte vertrocknete Eukalyptusblätter, alte Zeitungen, die Treppenstufen rotbraun gestrichen. Stille. Ein leerer Raum, ein aufgeschlagener Schlafsack, Fotos auf einer Fensterbank. Bedeutete das etwas? Folgte er einer Spur? Ein undeutlicher Plan, nichts, das er erkennen konnte. Luftaufnahmen. Spinnweben. Von draußen das Geräusch des Highways. Sechsspurig hier, wo kommen die ganzen Autos her? So groß ist Perth nun auch wieder nicht. Er hörte seine eigenen Schritte. Nirgends ein Engel. Falls es hier etwas gab, das er hätte sehen sollen, dann hatte er es *über*sehen. Vielleicht war alles ja nur ein schlechter Scherz. Er fühlte sich auf unbestimmte Weise unbehaglich und zugleich müde, als stecke der endlose Flug ihm noch immer in den Knochen. Warum machte er solchen Quatsch mit? Dem Büchlein zufolge mußte er jetzt vom Barrack's Arch nach links, den Hügel hinunter bis 240 St. George's Terrace, ganz normal, ein Fußgänger unter Fußgängern. Niemand kann mir etwas ansehen, dachte er. Ich suche Engel, und keiner von all den Leuten hier weiß das, wenn ich es sagen würde, hielten sie mich für verrückt. Das gefiel ihm. Auf einmal bemerkte er alles mögliche, woran er sonst nie einen Blick verschwendet hätte. Schließlich konnte alles ein Wink sein, ein Schlüssel, ein Fingerzeig. Ein kahler Raum mit ein paar leicht entstellten Aufschriften: »Anne, in which corner are you? Etiam ne nescis?« Wieder ein staubiger Haufen alter Blätter, Speichen ohne Rad, ein Torbogen, eine geschlossene Metalltür, und dann plötzlich, an einem Gitterzaun, ein paar Strophen aus *Paradise Lost.* Adam und Eva, die von dem geflügelten himmlischen Rausschmeißer gerade des Paradieses verwiesen worden sind und sich noch einmal umsehen:

In either hand the hast'ning Angel caught
Our ling'ring Parents, and to th'eastern gate
Led them direct, and down the cliff as past
To the subjected Plain; then disappeared ...

Und es stimmte, vor ihm lag ein armseliges Stück Niemandsland. Ein alter verrosteter Kühlschrank, tote Äste,

Sand, Unkraut, eine nackte Betonmauer. Hinter ihm sah es nicht besser aus, ein Loch, wo es mal einen Lift gegeben hatte, tote Stromkabel, die nirgends mehr hinführten, gestorbene Energie, und kein Engel weit und breit. Das Paradies war hier definitiv verloren, falls man bezweckt hatte, ein Gefühl großer Trostlosigkeit hervorzurufen, war das bestens gelungen. Erik Zondag mußte auf einmal an die Erbsünde und an Beichtstühle denken und an den Schimmelgeruch, der dazu gehörte. Abgestandener Zigarrenrauch aus Mündern, die man im Halbdunkel nicht richtig sehen konnte und die von Sünde und Buße gesprochen hatten.

Nein, das waren keine angenehmen Gedanken. Er hatte das Gefühl, daß ihn jemand beobachtete, und suchte die Wände ab, ob irgendwo eine Videokamera versteckt sei, aber nichts. Nun konnte er wählen: entweder sofort aufgeben oder der vorgegebenen Route weiter folgen. »Geh zum Paragon Foyer, fahr mit dem Lift bis Level 5, geh die Treppe hinauf zu Level 6.« Öde ist es da, eine geräumte Büroetage, Staub auf dem Fußboden, Metallschränke in Reih und Glied. Er zählt neunundzwanzig, sonst ist der Raum leer, bis auf zwei Käfige mit jeweils zwei Vögeln. Ein halb abgerissenes Schild hängt daran, auf dem nichts steht. Die Vögel und Erik Zondag sehen sich an, wie Menschen und Tiere das eben tun, der sinnlose Blick unüberbrückbarer Distanz. Er verließ den Raum, stieg vorbei an dem, was einst eine Küche gewesen sein mußte, die Metalltreppe hinauf, hörte, wie hohl das klang, kam in einen anderen leeren Raum, diesmal ohne Schränke, dafür mit einem riesigen Eisenkasten voller Bücher, die allesamt Gott und Heilige im Titel hatten, anglikanisches Leben vergangener Zeiten. Ein Stück weiter ein zweiter Kasten: weiße Federn, Daunen, irgendwo müssen Engel ja beginnen, jemand hat einen Kissenbezug voller Putti ausgeschüttelt. Als er flüchtet, wird ihm ein Zettel in die Hand gedrückt: »En route to Bank West. Please call in at the Hay Street Shop, between Croissant Express and Educina Café.« Er folgt den Anweisungen, merkt, daß er ganz in der Nähe seines Hotels sein muß, aber alles anders aussieht. Er darf nicht zum normalen Passanten werden, sieht sich selbst auf einem Monitor gehen, unangenehm. Der Baum der Erkenntnis ist leer gepflückt, auf dem Bürgersteig steht eine Kiste Äpfel. »Take an apple.«

Im Gebäude der Bank West ist es sehr kühl, diese plötzliche Klimaanlagenkälte der Tropen, ein Mädchen in Blau erhebt sich und nimmt ihn fast an die Hand. Im Lift drückt sie auf 46. Die Männer in weißen Hemden, die unterwegs einsteigen, haben nichts mit der Sache zu tun, doch als er oben ankommt, steht ein ähnlicher Mann von seinem Schreibtisch auf, öffnet ihm eine Tür und schließt sie hinter ihm wieder. Er steht allein in einem Direktionszimmer und hört das Geräusch eines überquellenden Faxgeräts, endlose weiße Papierschlangen; als er eine davon aufnimmt, sieht er wieder Hunderte von Zeilen aus *Paradise Lost.* Auf einem Schreibtisch liegen Projektmappen, der Text auf dem Computer verspringt und sagt: ». . . if you will come, I will put out fresh pillows for you, this room and this springtime contain only you«, und geht dann über zur Hierarchie des Engelreichs, *archangels, powers, virtues.*

»Come soon, Death is demanding: we have much to atone for, before little by little we begin to taste of eternity. In a bed of roses the Seraphim slumber ...«, und noch immer nicht nach Ewigkeit schmeckend steht er am Fenster und blickt auf den endlosen Autostrom auf dem Highway. Als er den Raum verläßt, stößt er unverhofft auf den dänischen Schriftsteller. Das sollte bestimmt nicht sein. Sie sehen einander schuldbewußt an und legen gleichzeitig den Finger auf die Lippen. Ein Mädchen in einem engen grauen Kleid. Ist das ein Engel? Sie weicht seinem Blick aus, geht umher, als gehöre dieser Raum ihr, blickt hinaus auf die Hügel und das Meer in der Ferne, balanciert kurz eine Plastikwasserflasche in ihren Händen, und wieder wird ihm das Absurde der Situation bewußt. Mit welchem Recht ist er hier, was macht er in dieser leeren Büroetage, in der flache Kästen mit Primeln stehen? Inspiziert er eine leerstehende Immobilie? Aber er hat mit der Sache begonnen und will jetzt nicht mehr aufhören. Dann wird er belohnt: In der kleinen, etwas einfältigen Kirche, an der er jeden Tag vorbeikommt, sieht er die beiden ersten echten Engel im Chorgestühl, ein Stück voneinander entfernt. Zweifelsohne, das sind echte Männer, allerdings mit Flügeln. Er setzt sich, starrt in dem gedämpften Bleiglasfensterlicht die Engel an, und die Engel starren zurück, keiner sagt etwas, sie ordnen etwas an ihren Flügeln, wie Spatzen oder Schwäne es auch tun. Nach einer Weile geht er wieder hinaus, in eine enge Gasse, die auf einem Innenhof mit turmhohen Müllcontainern endet, und sieht plötzlich seinen dritten Engel, einen Mann mit kurzem Haar hinter Eisendrahtgeflecht, ein himmlischer Gefangener in einem heruntergekommenen Raum voller Pappkartons. Er will auf ihn zugehen, bemerkt aber, wie der tasmanische Dichter, der die Tour offensichtlich zum zweitenmal macht, von der anderen Seite des Käfigs den Engel begehrlich ansieht, als versuche er ihm ein Versprechen zu entlocken, und auch, wie der Engel, als der Dichter endlich gegangen ist, die Intensität seines Blicks dämpft. Er kauert am Boden, und als Erik nähertritt, gibt es wieder dieses schweigende Vis-à-Vis, schlimmer noch als bei den Vögeln. Jetzt kommen sie rasch nacheinander, er folgt den unsichtbaren Fäden, die für ihn gespannt sind, betritt immer neue Gebäude, sieht einen gelähmten Engel im Rollstuhl, die Flügel über die Armlehnen drapiert, dann, beinahe stolpert er über ihn, einen liegenden Mann, die entwaffnend nackten Füße übereinandergelegt, die weißen Flügel auf dem schmutziggrauen Fußboden ausgebreitet, und zwei dunkle Frauen auf einer Fensterbank, die ihn anlachen, aber nichts sagen. In einem fort werden ihm Zeichen gereicht, Zeichen, Texte, »I am deeply sorry for any pain you may be feeling, please call«, bloß wen? wo? Diese Botschaft ist so sinnvoll wie die anderen Dinge hier im Raum, die Schublade mit Federn, die vergilbte Ausgabe des *West Australian*, die Partitur von *Der Rosenkranz* von Ethelbert Nevin, ein mit weißem Salz bestreutes Dach, später wird er denken, daß diese immer zwingendere Reihe von Absurditäten unausweichlich zu jenem kleinen Raum geführt hat, in dem die Frau, die ihn jetzt massiert, in einem Schrank lag, das unsichtbare Gesicht der Wand zugekehrt. Diesen Augenblick, das wußte er schon damals, würde er nie vergessen können. Eine farblose Treppe, die nirgends zu enden schien, dann eine schmutzige, leere Etage, dann dieser Raum mit genauso schmutzigen Fenstern, durch die man so eben noch die graue Form von Wolkenkratzern erkennen konnte, und in dem Schrank, zusammengekauert, dieser unter den grauen Flügeln halb verborgene Körper. Einen Moment lang hatte er geglaubt, es sei ein Junge, oder ein Kind. Auf diese Flügel hatte er gestarrt, auf die echten Federn, aus denen sie gemacht waren, so kunstvoll, daß es schon beängstigend war. Womöglich konnte die Frau wirklich fliegen. Schwarzes Haar hatte er gesehen, leicht getönte Haut. Er hörte sie atmen. Sie hatte sich nicht bewegt, aber sie wußte, daß jemand im Raum stand.

11

Sie klopft ihm ganz leicht auf die Schulter und bittet ihn, sich umzudrehen. Eine halbe Sekunde lang ist er noch dort, damals, in jenem Raum. Er dreht sich um und will ihr noch nicht ins Gesicht sehen, vielleicht, weil er sie damals auch nicht ansehen konnte. »Jetzt erzähl mir«, sagt er, »wie es war.«

»Du weißt, wie es war.«

»Vielleicht, aber sag du's mir.«

»Du warst nicht der einzige, der lange stehenblieb. Wir waren dafür trainiert worden, es war eine Rolle. Es war sehr provozierend, auch für uns. Aber man durfte dem nicht nachgeben. Nur, bei dir war es anders. Ich spürte eine derart starke Intensität, als blicktest du mich mit Laserstrahlen an. Und ich hörte dich atmen. Einmal hast du gehüstelt. Das Geräusch habe ich am nächsten Tag wiedererkannt, als du noch einmal kamst. Da hast du mich berührt.«

»Als du dich umgedreht hast.«

»Ja. Aber das war erst später.«

Sie weiß, daß er nur eines fragen will, doch die Zeit dafür ist noch nicht gekommen. Sie weiß auch alles, was davor war, ihre Unberührbarkeit, das, was er nicht hatte wissen können. Einen Augenblick lang hätte sie sich fast dazu verleiten lassen, doch sie würde ihm nie sagen, warum, denn es hatte mit Mitleid zu tun gehabt, mit dem, was sie in den Wochen davor erlebt hatte. Er konnte nicht wissen, wer sie war, und das war gut. Sie kannte seine Geschichte auch nicht, und das war ebenfalls gut. So mußte es bleiben.

Und er? Ein Mann in einem Raum in Australien, der auf einen am Boden liegenden Engel starrt. Engel sind mythische Wesen, ein Engel im zwanzigsten Jahrhundert fällt jedoch in die Kategorie Kitsch oder Ironie, oder auch bloß Theater. Und dennoch, der kleine, zusammengekauerte Körper, die nackten Füße, dieses ganze weibliche Wesen (denn daß es eine Frau war, wußte er sicher, so knabenhaft sie auch aussah) hatte etwas in ihm entfacht, Angst, Rührung, Verlangen, er mußte sie aufrecht sehen, wie sie die Flügel ausbreitete, die jetzt so albern im Staub lagen. Aber er hatte nichts davon zu sagen gewagt. Erst als er jemanden auf der Treppe hörte, war er gegangen. In jener Nacht hatte er nicht schlafen können, er hatte sich noch an einer Debatte über die Funktion der Kritik mit einem Schriftsteller von den Salomoninseln beteiligt (»Bei uns gibt es keine Kritik, und in Australien ignoriert man uns, das hat den Vorteil, daß niemand etwas Unangenehmes über einen sagt, aber auch den Nachteil, daß man nicht existiert«), hatte sich mit dem dänischen Autor betrunken (»Diese Engel, das sind alles Schauspieler, es ist bloß ein Spiel – wenn du sie ohne Flügel sehen willst, mußt du in die Bar des Festivalgebäudes gehen, da hängen sie abends rum«). Das hatte er getan, hatte aber niemanden entdeckt, der ihr auch nur im entferntesten glich. Nur – wie erkennt man jemanden ohne Gesicht? Flügel wegdenken, die zusammengekauerte liegende Gestalt geradeziehen, senkrecht hinstellen, es war ihm nicht gelungen.

Der nächste Tag war der letzte des Festivals gewesen. Er hatte sich Hausnummer und Straße notiert und verbrachte den ganzen Tag in einer Art Rausch – im Zweifel, ob er sich trauen würde oder nicht –, nervös wie ein Teenager. Kurz vor Schluß war er dann doch diese farblose Treppe noch einmal hinaufgestiegen. Sie lag noch genauso da.

»Das Riskante und Phantomartige des Daseins!« – ein Satz, der irgendwann hängengeblieben ist, spukt ihm im Kopf herum. Von wem er stammte, wußte er nicht mehr und eigentlich auch nicht, in welchem Kontext er ihn gelesen hatte, und damit im Grunde auch nicht mehr, was er bedeutete. Die Stille in dem Haus ist tatsächlich spukhaft, aber was für ein Risiko geht er schon ein? Er tritt in den Raum, hört seine Schritte, wie sie sie hören muß. Er blickt auf den reglosen Körper, die nackten Füße, die Flügel. Was würde passieren, wenn er etwas sagte? Ein Ziegelstein, den man in einen Spiegel wirft, das Geräusch der Scherben, gemein, eine Art gläsernes Kreischen, dann wieder Stille. Die Stille, in der man etwas Unberührbares schänden würde. Er hat sich hingesetzt, lehnt sich mit dem Rükken an die Wand. Jetzt wird die Zeit, die selbst nichts wiegt, durch alles mögliche schwer, durch Spannung, das Gefühl eines Hinterhalts. Einmal glaubt er, daß jemand kommt, aber es ist falscher Alarm. Er berührt flüchtig ihren Flügel, leichter ginge es kaum.

»Please go away.«

»I cannot. I want to talk to you.« Das stimmte. Er konnte nicht mehr weg. Alles an ihm war bleischwer geworden. Sein Körper, die Gespräche, die er hier hatte führen müssen, der Flug, die fremde Stadt, die neuen Gesichter, und dahinter all das andere, sein Leben, seine Arbeit, Anja, die er nach seiner gescheiterten Ehe kennengelernt hatte, seine Dissertation über Terborgh, die unvollendet in der Schublade lag. Ein unendliches Bedürfnis nach Schlaf übermannte ihn, am liebsten hätte er, wie sie, auf diesem schmutzigen Holzfußboden liegen mögen, vor diesem Schrank. Auf einmal war es ihm auch egal, was passieren würde. Sie würde einen Notruf betätigen oder blitzschnell aufstehen, über ihn springen und die Treppe hinunterrennen. Dann konnte er ihr immer noch folgen und sich vom erstbesten Polizisten, den sie zu Hilfe rufen würde, als Sittenstrolch festnehmen lassen.

»Please go away.« Die drei Wörter blieben in der Stille hängen, als wollten sie gemeißelt werden. *Please go away.* Ein südländischer Akzent. Aber das konnte alles bedeuten. Spanien, Rumänien? Dafür hatte es allerdings zu melodisch geklungen.

Draußen schlug es sechs. Es war zu Ende. Er wartete atemlos, ob sie sich bewegen würde, aber sie überraschte ihn doch noch. Wie sie das mit den Flügeln so schnell bewerkstelligt hatte, sollte er später nicht mehr beschreiben können. Eine Art Pirouette war es gewesen, eine wahnwitzige Schraubbewegung, mit der der vor ihm liegende Körper sich umgedreht und gleichzeitig aufrecht hingesetzt hatte, in einer Art Schneidersitz, die Flügel im Rücken fast über Kreuz. Und er hatte sofort gewußt: Auf dieses Gesicht wäre er noch Tage zu warten bereit gewesen, doch es zu beschreiben würde ihm nie gelingen – klar und getrübt zugleich, offen und verschlossen, herausfordernd und in sich gekehrt. Voller Versprechen und, das wußte er jetzt, da er es wiedersah, ein Gesicht wie ein Hinterhalt. Die grauen Augen, der leicht geöffnete Mund, abwartend, spöttisch.

12

Sie ließ ihre Hand kurz zwischen seinen Schulterblättern ruhen und hob sie dann, wobei er spürte, wie sie sie umdrehte, als hätte sie etwas aus seinem Körper gezogen, Schmerz, Müdigkeit, Kummer, etwas, das sie jetzt in der Luft verschwinden ließ, eine Handbewegung, durch die Masseure manchmal zu erkennen geben, daß die Massage zu Ende ist. Er wollte sich aufsetzen, doch sie hielt ihn zurück. »Nicht gleich, ich habe dir eine Tiefenmassage gegeben. Ab und an dachte ich, du bist eingeschlafen.«

»Wie lange hast du mich massiert?«

»Über eine Stunde. Ich hatte nach dir niemand, also konntest du länger bleiben.«

»In der Zwischenzeit habe ich drei Jahre zurückgelegt. Ziemlich genau drei Jahre, vom letzten Mal an gerechnet, falls ich dich daran erinnern darf.«

»Das hätte ich auch selbst gewußt. Und jetzt wirst du natürlich fragen, warum?«

»Warum was?«

»Warum ich verschwunden bin.«

»Warum du nie etwas von dir hast hören lassen.«

»Es ging nicht.«

»Warum hast du es dann versprochen?«

»Ich hatte noch etwas versprochen.«

»Was denn?«

»Daß ich dich wiedersehen würde.«

»Unsinn. Daß wir uns hier wiedertreffen, ist reiner,

blödsinniger, irrwitziger Zufall. Genausogut hätte es Kinshasa sein können. Übrigens, wie kommst du hierher, in dieses lächerliche Schneedorf? Ich wußte nicht mal, daß du massieren kannst.«

»Hab ich immer gekonnt. Das hatte ich gelernt. Daß man immer ein zusätzliches Standbein haben muß, um zu überleben, egal, ob in Australien oder in Österreich. Es ist nicht überall wie bei euch, daß man Geld bekommt, wenn man keine Arbeit hat.«

»Aber warum hier?«

»Hat sich so ergeben.«

»Ein Mann?«

Sie winkte mit einer Handbewegung ab, als wolle sie diesen etwaigen Mann irgendwohin werfen.

»Es war mir immer ziemlich egal, wo ich bin.«

»Das hast du damals auch gesagt. ›Ich bewohne die ganze Erde.‹ Das hat mich ungeheuer erregt.« Er erhob sich und griff nach seinem Bademantel. Er wollte noch etwas sagen, wußte aber nicht, was. »Ich hatte mich einfach wahnsinnig in dich verliebt.«

»Ja, du warst sehr hungrig.«

»Du hast über mich gelacht?«

»Im Gegenteil. Es hat mir angst gemacht, und es ging viel zu schnell. Es war wie eine Art Raserei.«

»Das kam durch dieses Fest. Ich hätte in dem Moment mein ganzes Leben hinter mir lassen wollen.« Und wenn ich an jenem Abend ertrunken wäre, es hätte mir nichts ausgemacht. Aber das sagte er nicht.

»Das kam durch die Flügel. Du warst nicht der einzige. An diesem letzten Abend sind merkwürdige Dinge passiert.«

»Mit den Flügeln hatte es nichts zu tun. Eher mit der Tatsache, daß es der Tag vor meiner Abreise war. Am Tag darauf mußte ich weg, mußte ich zurück zu all dem, was ich nicht mehr wollte. Und mir schien, als würdest du das verstehen . . . als ob du selbst auch . . .«

Er sah sie an. Auch damals hatten diese kühlen Augen nichts verraten. Ein Idiot war er gewesen.

»Ich selbst auch . . .« wiederholte sie, als erwäge sie diese Möglichkeit. Dann schüttelte sie den Kopf. »Nein«, sagte sie, »nein. Ich kenne mich selbst zu gut. Es hatte keinen Sinn. Du hast gesagt, du wollest Korrespondent werden, und als ich sagte, daß ich nie lange an einem Fleck bliebe, hast du gemeint, dann würdest du mitgehen, du könnest überall schreiben. Und ich hatte diese Dinge schon so oft gehört – nicht genau so, aber trotzdem. Mein Leben hält niemand aus. Und außerdem, ich wußte, daß du wieder zu deiner Freundin zurückgehen, daß du mich nach ein paar Monaten vergessen würdest. Und so war es doch auch.«

»Wenn du das so genau gewußt hast, warum hast du dann nie angerufen?«

»Weil ich das Risiko nicht eingehen wollte.« Und übergangslos, wie um anzuzeigen, daß das Gespräch beendet war: »Bis wann bist du noch hier?«

»Morgen ist mein letzter Tag.«

»Darauf bist du ja abonniert.«

»Scheint so. Kann ich dich irgendwo sehen?«

Sie warf einen Blick in ihren Terminkalender. »Nein, das geht hier nicht, aber du bist für morgen eingetragen. Also bis dann.«

»Bis dann.«

»Weißt du noch«, sagte sie an der Tür, »was ich dir in der Nacht als letztes gesagt habe?«

Aber er wußte es nicht mehr.

13

Weil es der letzte Abend war, bekamen sie von Renate ein extra Schälchen Lachsauflauf. Erik kaute sein Brötchen bis zum letzten Krümel, während Herr Dr. Krüger ihn mit den grausamen Eigenarten der extrauterinen Schwangerschaft unterhielt, mit Fleischklumpen ohne Seele, aber Haaren und langen Kinderfingernägeln. Mit den Gedanken war er woanders. Es gab eine Nachricht von Anja, auf die er nicht antworten wollte. Die nahende Nacht begann die hohen weißen Gipfel hinter den Fenstern bereits zu verdunkeln, er streifte ziellos durch das Gebäude, ging in die Sauna, um durch die Hitze von seinen sich unentwegt im Kreise drehenden Gedanken erlöst zu werden, schwamm so viele Bahnen, bis er todmüde war, holte sich den bitteren Schlaf- und Nerventee, der auf der Anrichte im Speisesaal stets bereitstand, doch als er im Bett lag, wollte der Schlaf nicht kommen. Zu Hause hätte er einen doppelten Kognak genommen, doch das kam hier nicht in Frage. Er versuchte, sich den bitteren Geschmack dieses Grabestees von den Zähnen zu lutschen, das gelang auch nicht. Es stimmte nicht, was sie gesagt hatte, er hatte sie nicht nach drei Monaten vergessen, nicht nach drei Monaten und nicht nach drei Jahren. Er hatte sie gar nicht vergessen und würde das auch nie tun. Als er wieder zurück war, drei Jahre war das jetzt her, hatte er von nichts anderem reden können, bis es jeden, und vor allem Anja, verrückt gemacht hatte.

»Ich gönne dir alles, und von mir aus hast du mit sämtlichen himmlischen Heerscharen gebumst, aber hör jetzt um Himmels willen endlich auf mit diesem Mädchen. Wenn sie wirklich so toll war, hättest du dableiben müssen. Vielleicht wären dir dann auch Flügel gewachsen. Mein Gott, sind Männer bedauernswert! Da zieht sich jemand Flügel an und legt sich in einen Schrank, toll. Aber fliegen konnte sie nicht. Und bumsen mit diesem angeklebten Kram, da könnte ich mir auch was Schöneres vorstellen. Wie hat sie die übrigens befestigt, ihre Flügel? Mit Gummibändern?«

14

Dieselben Personen, derselbe Ort.

Noch bevor er sich hingelegt hatte, fragte er schon, was auf keinen Fall zu fragen er sich vorgenommen hatte.

»Sehen wir uns wieder?«

»Wir haben uns jetzt doch auch wiedergesehen, oder? Weißt du noch immer nicht, was ich dir am Ende jener Nacht gesagt habe?«

Nein, das wußte er nicht mehr. Diese ganze irrsinnige Nacht hatte sich als Höllenspektakel in sein Hirn gegraben, der Ozean, die Brandung, geflügelte rennende Menschen, Alkohol, Sirenen, die hohen, düsteren Spukgestalten der schilfrigen, hautkranken Kautschukbäume.

»Auf den Bauch, bitte.« Er gehorchte. Bevor sein Mund die Liege berührte, konnte er gerade noch etwas sagen.

»Kommt es dir nicht komisch vor, mich jetzt zu massieren?«

»O my God. Massieren ist ein Beruf. Entspann dich und grab nicht länger. Sonst hast du nichts davon.«

Wieder sah er es, so klar wie damals. Ein Raum, ein leerer Schrank. Auf dem Boden hatte eine Feder gelegen, die er aufgehoben hatte. Sie kannten sich eine halbe Stunde. Sie hatte aufrecht vor ihm gestanden, ein knabenhafter Engel mit spöttischer und argwöhnischer Miene. Im Nebenraum klingelte ein Telefon dreimal und verstummte dann. Kurz darauf klingelte es erneut, wieder dreimal.

»Das ist das Zeichen«, sagte sie, »es ist vorbei. Die Engel dürfen nach Hause. Du bist die Route nicht mal bis zum Ende gegangen.«

»Das habe ich gestern gemacht.«

Er erinnerte sich, wie er, als er zum Parkhaus zurückkam, auf dem Dach des gegenüberliegenden Gebäudes seinen letzten Engel gesehen hatte, einen lebensgroßen, düsteren Engel, der ein Schwert hielt, als wolle er die ganze Stadt in den Ozean jagen. Aber es sei kein Mann, sondern eine Frau, hatte der Dichter gesagt. Der hatte es durch sein Fernglas gesehen.

Nach dem Telefonklingeln war sie aus dem Raum verschwunden, hatte ihm aber bedeutet zu warten. Durch das schmutzige Fenster sah er, wie sich der Himmel in der Ferne rot zu färben begann. Er blickte auf die merkwürdigen Wolken mit den schwarzen und weißen Schlieren. In Australien hatten Wolken tatsächlich goldene und silberne Ränder. In dieser einen Woche hatte er eine unerklärliche Liebe zu diesem Land entwickelt. Er hatte nichts Besonderes erwartet, als er hinflog, eine Art Amerika, mehr nicht. Doch es war alles anders gewesen. Ein Raum und eine Freiheit, die von den Menschen ausstrahlte und deren sichtbarer Ausdruck die am hohen Himmel dahinsegelnden Wolken zu sein schienen. Er wäre gern hinter ihnen her gereist, hinein in das leere Land, in die brennenden, freien, sandfarbenen Flächen, die er auf den Karten gesehen hatte. Deren fremdartige Namen, die von den Aborigines stammten, hatte er sehnsuchtsvoll vor sich hin gemurmelt, wie einen Zauberspruch, ein Versprechen. Doch Aborigines hatte er in Perth kaum gesehen. Das hatte er ihr gesagt, doch sie war nicht darauf eingegangen.

Als sie zurückkehrte, hatte sie zwei volle Gläser Whisky dabei, ohne Eis oder Wasser. Sie trank schnell. So hatten sie beieinandergesessen, bis es unten auf der Straße laut gehupt hatte.

»The angel party.« Sie lachte. »Heute abend werden wir aus dem Paradies vertrieben. Es gibt ein großes Fest für alle Engel an einem der Strände im Norden.«

»Kann ich mit?«

»Ja, natürlich. Die ganzen Leute, die du gestern unterwegs gesehen hast, sind da, auch die Regisseurin, die Assistenten, die Leute, die die Route abgesteckt haben, die Komparsen, alles, was dazugehört. Und alle Engel.«

Und so war es. Sie wurde mit lautem Jubel begrüßt, geküßt und umarmt von männlichen und weiblichen Engeln in Sweatshirts und Jeans. Er versuchte, sich unsichtbar zu machen, doch das war nicht nötig, niemand beachtete ihn. Jemand drückte ihm ein Glas Bier in die Hand, wie's aussah, war schon reichlich Alkohol geflossen. Durch das Geschrei hindurch hörte er Musik der Bee Gees, einige versuchten sogar, im Bus zu tanzen. Der Lärm war unbeschreiblich. Als sie zum Ozean kamen, standen schon andere Busse da. Er sah verirrte Engel den Strand entlangwandeln, allein oder Arm in Arm. Am Horizont schimmerte es noch rot, doch kurze Zeit später war es bereits das Mondlicht, das über die hohen Wellen surfte, stets von neuem glänzend verschwand und wieder zurückkehrte. In einem großen

Zelt war ein riesiges Büfett aufgebaut, aber er hatte keinen Hunger. Er folgte ihr mit den Augen, verlor sie immer wieder, sah, wie sie völlig überdreht mit dem Engel vom Parkhaus tanzte, dann mit einem anderen, rothaarigen männlichen Engel. Manchmal sagte jemand etwas zu ihm, doch meist verstand er es nicht. Einmal sah er den tasmanischen Dichter, der betrunken mit dem kurzhaarigen Engel mit den schneeweißen Flügeln im Sand herumtollte, die Peitschenhiebe der immer lauter werdenden Musik drangen ihm bis in die Knochen, er versuchte, in ihre Nähe zu gelangen, aber sie schien ihm immer auszuweichen, stets waren andere Engel um sie herum, junge Männer mit Körpern, die ein Leben lang nichts anderes getan hatten als Joggen und Surfen, sie hätten so, wie sie waren, an die Decke der Sixtinischen Kapelle gekonnt.

»Hey Dutchman«, schrie der Däne und schob ihm ein Mädchen in die Arme, doch sie riß sich sofort los, sah ihn betrunken und voller Wut an und spuckte auf den Boden. Der Däne begann an ihm zu zerren, doch nun war sie plötzlich da, als habe sie ihn die ganze Zeit im Auge behalten. Sie gingen ins Freie. Überall im Sand lagen Menschen und Engel. Er hörte das Geräusch zerbrechender Gläser, Gelächter, sah hier und da die brennenden Pünktchen von Zigaretten, es wurde gescherzt, getrunken, geküßt, er sah einen nackten Engel, der mitsamt Flügeln ins Meer lief, und dann sah und hörte er nichts mehr außer der Brandung, immer wieder das Steigen und Fallen, das mit einem plötzlichen rauschenden Schlag endete, wenn die öligen, schwarzglänzenden, vom Mondlicht beschienenen Wellen in sich zusammenbrachen und den Strand hinaufliefen. Dort irgendwo, im Grenzgebiet zwischen der Welt des Landes und der des Wassers, blieb sie stehen und schlug ihre Flügel um ihn. Er konnte ihr Gesicht nicht mehr sehen, spürte, wie sie seine Augen küßte, mit der Hand über sein Gesicht strich, wie diese weichen und zugleich harten Flügel ihn gefangen hielten, wie sie langsam in die Knie ging und sich in den Sand fallen ließ. Von fern hörte er noch die Musik aus dem Strandlokal. Das Verlangen, das er die ganze Zeit gespürt hatte, von jenem ersten Augenblick an, als er sie daliegen gesehen hatte, mit nackten Füßen und angewinkelten Beinen, mit verdecktem Gesicht und ausgebreiteten Flügeln, schoß jetzt durch seinen Körper, er begann sie auszukleiden und sah, daß sie das Gesicht abwandte, die Augen weit geöffnet, blickte sie von ihm weg, doch er spürte, wie ihre Nägel ihn sanft im Nacken kratzten, und in diesem Augenblick schoß der weiße, alles enthüllende Strahl eines Scheinwerfers über den Strand, von zwei Seiten gellten die Sirenen von Polizeijeeps, die auf den Strand fuhren. In diesem Licht, das einem Blitz glich, sah er überall rennende Engel, er hörte Geschrei und das schrille Gellen von Polizeipfeifen und durch all dies hindurch, wie sie etwas zu ihm sagte, das er nicht mehr verstand, und bevor er sie hatte zurückhalten können, war sie auf ein Knie gegangen, in einer merkwürdigen Hockstellung wie ein Sprinter beim Start, und dann wie von einem Katapult abgeschossen losgerannt, unter den Lichtstrahlen hindurchgetaucht und verschwunden. Er selbst war vor all dem Lärm weggelaufen, bis er nichts mehr gehört und gesehen hatte, und war dort sitzen geblieben, bis es Tag wurde. Auf dem Strand lagen Gläser, Kleidungsstücke, Spritzen, Pariser, Flügel. Beim ersten Licht war er per Anhalter in die Stadt zurückgefahren. Im Hotel hatte er auf ein Zeichen von ihr gewartet, bis es Zeit wurde, zum Flughafen zu fahren. Aber dieses Zeichen war nicht gekommen.

15

Ihre Hände strichen in großen, beschreibenden Kreisen über seinen Rücken, und dann kam wieder diese Bewegung, ein Zeichen, wußte er, daß er aufstehen sollte. Aber er wollte nicht aufstehen, wollte nie wieder aufstehen. Er stand auf. Das Leben ist eine nichtige Erfindung, dachte er. Sie sah ihn an. Das Schelmenlächeln, abwartend.

»Warum hattest du es damals so eilig?« fragte er.

»Ich hatte keine Arbeitserlaubnis. Ich wollte nicht ausgewiesen werden.«

»Ich dachte, du wohnst auf der ganzen Erde?«

Sie zuckte mit den Achseln. Dann legte sie ihre rechte Hand auf seine linke Schulter und fragte: »Weißt du jetzt, was ich damals gesagt habe?«

»Nein«, sagte er, »und ich habe es auch nie gewußt, ich hatte dich wegen des Lärms nicht verstanden. Was war es denn?«

»Engel gehören nicht zu Menschen.«

Er stand totenstill da, dann spürte er, wie ihre Hand ihn sanft, aber nachdrücklich zur Tür schob. Als er hinausging, sah er, daß Herr Dr. Krüger schon auf einem Stuhl wartete, bis er an die Reihe käme. Durch seinen fröhlichen Gruß hindurch hörte er ihre Stimme noch sagen: »Till next time then, right?«

Aber es war zu spät, etwas zu erwidern.

Epilog

»EPILOGUE, from Gr. *epilogos*, conclusion – *epi* and *lego*, to speak. A speech or short poem adressed to the spectators by one of the actors, after the conclusion of a drama.«
The New Webster Encyclopedic Dictionary of the English Language MCMLII

Wieder ein Bahnhof. Lichtenberg, Berlin. Ich liebe es, wenn die Dinge sich reimen, auch wenn ich selbst keine sich reimenden Gedichte schreibe. Hier fahren die Züge nach Polen und Rußland ab. Ich habe eine Verabredung, obgleich ich das noch nicht weiß. Warszawa Centralna 20.55. Minsk 8.49. Smolensk 14.44. Moskva Belorusskaja 20.18. Verschiedene Reisen, verschiedene Züge. Ich verreise, um einen Verlust auszugleichen. Wer je ein Buch geschrieben hat, kennt das. Es ist eine Art Abschied und daher auch immer eine Art von Trauer. Ein, zwei Jahre hat man mit Menschen zusammengelebt, man hat ihnen Namen gegeben, die zu ihnen passen oder nicht, man hat sie leiden lassen oder lachen, sie haben einen selbst leiden oder lachen lassen, und danach hat man sie losgeschickt, in die weite Welt. Man hofft, daß es ihnen gut ergehen wird, daß sie genug Atem haben, um noch eine Zeitlang dazusein. Man hat sie allein gelassen, hat aber das Gefühl, *sie* hätten einen allein gelassen. Allein auf einem verlassenen Bahnhof im ehemaligen Ostberlin. Etwas Traurigeres gibt es eigentlich kaum.

»Wir bekommen jetzt doch kein Mitleid mit uns selbst«, würde Almut sagen, und genau das meine ich. Sie reden noch mit dir. Zwei Jahre lang haben sie miteinander geredet, und du hast es gehört. Es fragt sich wirklich, wo etwas beginnt. Wenn das erste Wort von mir kam, war das zweite dann auch von mir? Heute nacht habe ich etwas aufgeschrieben, das ich heute morgen nicht mehr lesen konnte. An meiner Schrift kann ich immer erkennen, wieviel ich am Abend zuvor getrunken habe.

Ganz ordentlich also. Ich kann sie nie einfach gehen lassen. Da stand: »Von manchen Stimmen weiß man, daß es geschriebene Stimmen sind.« Oder: »geschriene Stimmen«? Ich kann es nicht richtig entziffern, aber geschriebene Stimmen ist besser. Belassen wir es also dabei. Es kommt eine Durchsage, aber sie ist noch nicht für mich bestimmt. Warum ich Moskau ausgewählt habe, weiß ich nicht, ich denke, weil ich da noch nie war. Wenn ich den Weg nicht weiß, lasse ich ihn leichter hinter mir. Neben mich hat sich ein junger Mann gesetzt, der Peitschenschläge in den Ohren hat, ein mechanisches eisernes Knallen, das immerzu wiederkehrt, er bewegt seinen Kopf im Rhythmus dazu. Der hat noch nie ein Buch geschrieben.

Wenn ich gerade etwas abgeschlossen habe, leide ich immer an einer unerklärlichen Hellsichtigkeit, und das meine ich wörtlich. Ich will damit nicht sagen, daß ich die Zukunft vorhersagen kann, nur, daß ich alles mögliche sehr scharf sehe, worauf ich sonst nicht achte.

Der Kunstgranit der Müllbehälter hier, die langen, gelbgekachelten Katakomben unten im Durchgang, durch den man von der U-Bahn zum großen Bahnhof kommt, Gänge, die nirgends enden, das Koksgesicht des Mannes mit dem Peitschenschlag in den Ohren, nichts entgeht mir. Aber ich kann nichts damit anfangen, sie kommen zu spät. Die anderen sind bereits fort, nach Brasilien oder Australien, ich habe nichts mehr über sie zu sagen. Am Ende zwei Wachmänner mit gelbgrünen Hemden und weißen Mützen, Geruch früherer Zeiten, ein leichter Schauer. Ein dreitöniger Lockruf ertönt, aber ich sehe noch nicht viele Menschen. Der Zug steht bereits da, kyrillische Buchstaben, alles stimmt. Gardinen, Schirmlämpchen. Die Züge Dostojewskis und Nabokovs, auf dem Weg nach Baden-Baden und Biarritz. Lang brauche ich nicht zu warten. Sie trägt noch immer dieselbe Kleidung wie im Flugzeug und hat dasselbe Buch dabei, das, von dem ich dachte, ich hätte es geschrieben, und das noch immer um mich ist. Letzteres stimmt, ersteres nicht. Diesmal kann ich den Titel sofort erkennen, als sei sie eigens meinetwegen gekommen, und vielleicht ist es auch so. Es sind dieselben zwei Wörter, nur die Reihenfolge ist umgekehrt, doch in beiden Fällen ist das Paradies verloren. Natürlich haben wir dasselbe Abteil. Wer sich das ausgedacht hat, wußte, was er tat. So können wir uns wenigstens unterhalten. Die Trillerpfeife des Bahnhofsvorstehers klingt dramatischer als auf anderen Bahnhöfen. Wir sehen beide aus dem Fenster, vielleicht aus Verlegenheit.

Ob sie mich auch wiedererkannt hat, weiß ich nicht,

während des Flugs von Friedrichshafen nach Berlin hatte sie mich nicht ein einziges Mal angesehen und bei der Ankunft in Tempelhof meines Wissens auch nicht, aber man kann nie wissen. Jedenfalls ist der Mann, der sie damals abgeholt hat, jetzt nicht da.

Auf dem Bahnsteig tapsen ein paar dicke Russen herum, sie haben so viel Gepäck dabei, daß sie es kaum tragen können. Als wir aus dem Bahnhof rollen, sehe ich, daß es regnet, graue Schleier über einer grauen Stadt. In meiner Erinnerung sehe ich die Stellen, wo die unsichtbar gewordene Mauer gestanden hat, wieder ein Buch, dessen Autor dachte, es sei fertig, aber so einfach ist das nicht.

»Wie fanden Sie das Buch?« frage ich. Ich war noch nie besonders gut im Anknüpfen von Gesprächen mit Fremden, doch in dieser Stimmung traue ich mich alles. Die Beine, die damals zu weit entfernt waren, sind jetzt aufregend nahe, der Khakistoff umspannt sie, man sieht die Kraft. Ob sie es merkt, weiß ich nicht, sie öffnet sie ein wenig, was mir den Atem verschlägt. Wie schon gesagt, in den Wochen danach bin ich immer überempfindlich, es ist eine Mischung aus Erregung und Heimweh, ich habe noch immer nicht gelernt, damit umzugehen. Vielleicht sind Frauen an so etwas gewöhnt, jedenfalls schaut sie durch mich hindurch nach draußen, auf das gelbliche Stroh entlang den Gleisen, die braun gewordenen großen Kieselsteine zwischen den Schwellen, die Stadt, die jetzt langsam in den Regenschleiern verschwindet, ein fahles Schiff am Horizont.

Sie hat das Buch offen neben sich auf die Bank gelegt,

ich sehe die altmodische Schreibweise der Faksimileausgabe, 1790 oder so ähnlich.

»Ich weiß nicht«, sagt sie. »Ich glaube, es hat mich ein bißchen melancholisch gemacht. Für mein Gefühl beruht das alles auf einem Mißverständnis, und dafür, finde ich, ist die Strafe eigentlich zu hart. Ist das nicht ein wunderbares Wort, Mißverständnis? Alles hat mit einem Mißverständnis angefangen, und das setzt sich bis ins Unendliche fort. Man kann auch noch Mutwillen hineinmischen, aber das ist meist gar nicht nötig. Mal hört eine Frau auf eine Schlange mit den bekannten Folgen, mal landet ein Segelschiff an einer unbekannten Küste, an der bemalte Menschen sich im Gebüsch versteckt haben, oder jemand fährt eines Abends in das falsche Viertel und wird nie mehr dieselbe sein. Wissen Sie, eigentlich gefällt mir der Titel noch am besten. So gesehen ist die Geschichte eigentlich nie zu Ende. Wie, glauben Sie, denken Autoren darüber? Ob sie das absichtlich machen, so daß sie beim nächsten Mal wieder etwas zu schreiben haben? Ich kenne eigentlich kein Buch, in dem es letztlich nicht um ein Mißverständnis ginge. Hamlet, Madame Bovary, Marcel, der nicht gewußt hat, daß Gilberte ihn liebte, Othello, der Jago glaubt ... wenn man erst mal darüber nachdenkt ...«

In diesem Moment kam der Schaffner und kontrollierte umständlich die Fahrkarten, was ziemlich dauerte, weil es verschiedene zusammengeheftete Papiere waren.

»Wenn man erst mal darüber nachdenkt?« fragte ich, als er weg war.

Sie lachte und sagte dann: »Wollen Sie es wirklich hören?«

»Ja«, sagte ich.

»Warum? Meinen Sie, was ich zu sagen habe, ist so wichtig?«

Ich sah jetzt, daß ihre Augen grün waren, und auch, daß sie mich zum erstenmal sah.

Ich wartete. Jetzt kam alles auf den richtigen Ton an. Ich blickte noch einmal auf die verschneiten Alpengipfel in Vorarlberg, auf die Felsmalereien bei Ubirr und den Sickness Dreaming Place, auf den alten Mann mit dem Wappenring, der in diesem Moment in Darwin beerdigt wurde, und auf das verlassene Mädchenzimmer über den luxuriösen Gärten von Jardins, in denen der *bem-te-vi* seine hohe Tonfolge trällerte, und schließlich auf die einzige, die noch übriggeblieben war, und sagte: »Weil der letzte Satz der wichtigste ist.«

»Und den soll ich sagen?«

Ich schwieg und wartete.

»Ach, eigentlich ist es so einfach«, sagte sie. »Darauf hätten Sie selbst kommen können.

Haben Sie mal über denjenigen nachgedacht, der das Paradies erfunden hat? Einen Ort ohne Mißverständnisse? Bei der maßlosen Langeweile, die dort herrschen muß, kann es sich nur um eine Strafe handeln. So etwas kann nur einem sehr schlechten Schriftsteller einfallen. Ist das ein guter letzter Satz?«

»Darunter müssen jetzt nur noch Ortsname und Datum«, sagte ich.

»Und ein Zitat«, sagte sie. »Das machen Sie doch immer so? Hier, ich habe eines herausgesucht.« Sie schlug das Buch ganz hinten auf, wo ein Stück Papier zwischen den Seiten lag, und reichte es mir. Die Zeilen, um die es ging, hatte sie mit Bleistift unterstrichen.

Amsterdam, Februar 2003 –
Es Consell, San Luis, 26. August 2004

Sie wandten sich noch einmahl um, und sahen
Den östlichen Bezirk des Paradieses, –
jüngst ihre wonnevolle Wohnung, – jetzt
von jenes Flammenschwerdtes Gluth umströmt
das Thor, von einer Schar Gewaffneter,
von fürchterlichem Ansehn, dicht umringt.
Jetzt rollten Thränen menschlichen Gefühls
Von ihren Wangen; doch bald trockneten
sie diese Thränen ab. Vor ihnen lag
die ganze Welt, sich einen Ruhesitz
zu wählen, und die Vorsicht führte sie.
Nun wandelten sie langsam, Hand in Hand,
auf ungewisser Bahn durch Eden hin.

Johann Milton's *Verlornes Paradies* (Zwölftes Buch)
Übersetzt von Samuel Gottlieb Bürde
Berlin 1793 bei Friedrich Vieweg, dem älteren